DU MAGASIN
DE
PIGOREAU, LIBRAIRE
pour les Romans,
Place St.-Germain-l'Auxerrois,
N. 20.

À PARIS.

LE
MARCHAND FORAIN
ET SES FILS.

P. ANDRÉ, Imprimeur à Coulommiers.

LE
MARCHAND FORAIN
ET SES FILS.

Par l'Auteur de l'*Infidèle par circonstance*,
d'*Églai*, d'*Élisabeth Lange*, etc.

NOUVELLE ÉDITION.

Ni l'or, ni la grandeur ne nous rendent heureux
Ces deux divinités n'accordent à nos vœux
Que des biens peu certains, qu'un plaisir peu tranquille;
Des soucis dévorans, c'est l'éternel asyle.

LA FONTAINE.

TOME PREMIER.

PARIS,

CHEZ PIGOREAU, Libraire, place Saint-
Germain-l'Auxerrois.

1819.

LE
MARCHAND FORAIN
ET SES FILS.

~~~~~~

CHAPITRE PREMIER.
Départ de Paris.

En marchandises, quatre cents livres, la bête qui les porte soixante livres, son harnois et ses paniers trente livres, et environ cinq louis dans
ma poche, en tout six cents livres;
voilà donc sur quoi se fonde mon
espoir, pour remplacer une fortune
honnête, et même considérable, puisqu'elle subvenait aux besoins de ma
famille, et pouvait conduire mes enfans à un état honorable! Un événe-
-ment funeste et l'inconduite d'un ami
ont détruit en peu de jours le fruit de
vingt-cinq ans de travaux; et, pour

1

me soustraire à la misère, je me vois réduit à embrasser une des dernières professions de la société : encore si j'était seul à souffrir ; mais ma femme, mes enfans !... que vont-ils devenir si je ne réussis pas ?... Combien il m'est pénible d'avoir à craindre pour tant d'objets chers à mon cœur ! cependant ce n'est pas le moment de perdre courage ; et après tout ce que je viens d'éprouver, je dois suivre avec persévérance le parti que j'ai regardé comme l'unique ressource qui me restait.

Ce soliloque était prononcé par un homme de moyenne taille, vêtu d'un surtout de drap gris de loup, qu'à son ampleur on pouvait prendre pour une rédingote ; un chapeau rond couvrait sa tête, des guêtres et de gros souliers complétaient son costume ; mais on n'aurait su à quoi était destiné un

fouet qu'il portoit en bandoulière , s'il
n'eut été précédé d'une forte bourrique , qui le devançait d'une ving-
taine de pas , et d'un enfant d'environ
dix ans , qui , tout en marchant donnait à cette bourrique des poignées
d'herbes ou de feuilles , qu'il arrachait
en passant , ce qui jetait entr'eux deux
les fondemens d'une amitié qui ne
s'est jamais démentie.

Ces trois voyageurs, qui avaient
dépassé la Vilette, près Paris, étaient
sur le chemin du Bourget; c'est à cette
époque que commencent les mémoires que j'ai recueillis et entrepris de
mettre en ordre , dans l'espoir que les
situations variées dont ils sont remplis ,
et la morale qui en résulte , ne seront
pas sans intérêt pour ceux qui s'occu-
peront à les lire.

Le chef de cette petite caravane
était absorbé dans ses réflexions , lors-

que l'enfant revenant vers lui en courant, lui dit : Pourquoi donc, Papa, restez-vous comme cela en arrière ; est-ce que vous êtes fâché contre moi ?

— Non, mon ami, je vois même avec plaisirs que tu marches bien, et que ton nouvel habillement et tes gros souliers ne t'empêchent pas de courir.

— Au contraire, Papa, je m'y trouve plus à mon aise, et je n'ai pas la crainte perpétuelle de les gâter et de me salir, car ils sont de la couleur de la poussière ; mais à propos de cela, pourquoi donc sommes-nous vêtus de ces gros habits, et où allons-nous avec cette bourrique ?

— Tu vois bien, mon cher Jules, que la bourrique porte des marchandises que j'ai arrangées dans ses paniers, et nous allons les vendre pour gagner notre vie.

— Comment, pour gagner notre vie ! vous ne ferez donc plus ce que vous faisiez chez M. de Freminville ?

— Tu sais bien qu'il est mort.

— Oui, et depuis ce temps, vous avez toujours été dans l'affliction ; mais est-ce qu'il n'y a que M. de Freminville qui ait des affaires et une bibliothèque ?

— Il y en a d'autres sans doute, mon ami, mais ces autres ont aussi des hommes qui leur sont attachés, à qui ils ont donné leur confiance ; ils ne peuvent pas les renvoyer pour me prendre ; d'ailleurs M. de Freminville était pour moi un ami et un protecteur d'une espèce rare, et quand on a perdu un semblable ami, il est impossible de le remplacer.

— Cela est bien fâcheux, et je ne suis plus surpris que vous soyez si

1*

affligé ; mais dites-moi Papa, vous aviez aussi du bien, nous allions à la campagne dans une maison à vous, et puis celle de Paris était aussi à vous et à maman, est-ce que M. Freminville vous a fait perdre tout cela en mourant ?

— Non, mon fils, non, au contraire, je l'avais gagnée avec lui, c'est un autre malheur qui me prive de ces biens, et tu es trop jeune pour comprendre ce que je te dirais à ce sujet ; ce que tu dois savoir, c'est que nous allons vendre nos marchandises, et que tu m'aideras dans ce petit commerce.

— Et maman, est que nous ne la verrons plus ?

— Pourquoi penses-tu que nous ne la verrons plus ? et il se détourna pour cacher une larme qui s'échappait de ses yeux.

— C'est qu'elle aurait pu venir avec
nous, puisque nous allons doucement,
et qu'elle serait aussi bien que dans la
maison où nous l'avons laissée, qui a
l'air si triste en comparaison de l'appartement que nous occupions auparavant.

— Les femmes ne peuvent, mon
fils, aller de ville en ville, et s'exposer sur les grands chemins comme les
hommes ; il fallait d'ailleurs qu'elle
prit soin de ton frère Paul, qui est plus
jeune que toi, et qui n'aurait pu nous
suivre ; nous reviendrons dans un mois
voir ta mère, et lui rapporter ce que
nous aurons gagné.

— En attendant, Papa, est-ce que
maman n'aurait pas pu aller demeurer
chez vos amis qui avaient une belle
maison comme vous ?

— On n'a plus d'amis, Jules, quand
on est malheureux.

— En ce cas, Papa, il me semble qu'on n'en avait pas avant.

— Tu as raison ; mais il faut oublier tout cela, et ne jamais parler de tout ce que tu as vu, ni de ce que nous avons été : je me nommerai simplement Pierre et toi Jules ; il n'en faut pas davantage avec les personnes à qui nous aurons à faire, et je te recommande de garder le silence pour n'en pas dire plus qu'il ne faudra.

— Oui, Papa, il n'y a plus qu'une chose qui m'inquiète.

— Qu'est-ce que c'est ?

— C'est que je n'apprendrai plus rien, puisque je n'irai plus en classe.

— Viens que je t'embrasse, mon cher enfant, et que je te tranquillise sur une inquiétude aussi louable ; il y a déjà deux mois que tu ne vas plus en classe, et cependant tu n'as rien négligé ; malgré mes embar-

ras j'ai toujours continué de t'ins-
truire.

— Cela est vrai ; Papa ; mais en
route je ne pourrai pas écrire.

— Tu le pourras encore quelquefois, et ce sera à ta mémoire à suppléer
aux cahiers que tu faisais; tu n'en sau-
ras que mieux , tu parcourras moins
d'objets , et nous n'en quitterons un
que quand nous l'aurons étudié a
fond.

C'est ainsi que ce père , qui ne pouvait renoncer , pour son fils, à l'espoir
d'un avenir semblable au passé , voulait continuer une éducation qui ne
pouvait plus convenir au fils d'un marchand forain.

Une autre contrariété de l'esprit hu-
main l'occupait aussi en ce moment.
Quelque déterminé qu'il fût à remplir
la tâche qu'il s'était imposée en ce
faisant marchand forain , il ne s'était

pas encore avoué la nécessité où il serait d'annoncer ses marchandises, en passant par les lieux habités ; cependant cette nécessité devenait présente, et même pressante, à la vue du village où ils allaient entrer ; et composant avec son amour propre, qui s'élevait impérieusement contre l'embarras où il se trouvait de crier : *Fil*, *aiguilles*, *lacets*, *mouchoirs*, etc. Il ne vit ou crut ne voir que l'utilité de les faire crier par son fils, tant pour l'y accoutumer, que pour profiter de l'intérêt que doit inspirer un jeune enfant environné des grâces de son âge ; il reprit donc l'entretien de cette manière :

Nous allons traverser, mon cher Jules, un village qu'on appelle le Bourget ; il n'est pas loin de huit heures, nous trouverons tout le monde debout ; tu pourras débuter dans la carrière de marchand, ce sera ton coup d'essai : voyons comment tu t'y prendras.

— Dites-moi, Papa, ce qu'il faut faire, et je tâcherai de m'en acquitter?

— Il ne s'agit que de crier : *Fil, aiguilles, épingles, lacets, couteaux, ciseaux, mouchoirs et bas de coton;* tantôt l'un, tantôt l'autre : tu peux commencer ou finir par tel article que tu voudras.

Jules, qui n'était pas encore l'esclave de toutes les petites vanités, et qui ne voyait qu'un plaisir qu'il avait pris souvent en imitant les marchands qui passent dans les rues, se mit à crier ses marchandises si naturellement, que son père en fût à la fois réjoui et affligé; mais, sans s'arrêter à ce dernier mouvement, il dit à son fils : Cela ne suffit pas, il faut que tu tiennes Marguerite par la bride, afin

que l'on voye à la fois le marchand et
a bout i que.

— Comment, Papa, vous appelez
aussi notre bourrique, Marguerite ?

— Pourquoi pas ; c'est le nom que
lui avait donné celui qui me l'a ven-
due : elle y est accoutumée.

— J'aurais cru mal faire ; c'est le
nom d'une sainte.

— C'est aussi celui d'une petite
fleur, tu vois bien que plusieurs noms
se ressemblent et signifient des choses
différentes ; je m'appelle Pierre, et
nous marchons presque toujours sur
des pierres ; l'irrévérence ne peut être
dans les mots, mais dans l'intention.

— J'en suis bien aise pour ma pauvre Marguerite, car ce nom me plaît.

Aussitôt, il prit sa Marguerite par
la bride, et se mit à crier son fil et ses
aiguilles, comme s'il n'eût jamais fait
autre chose ; et ils avaient presque

traversé le village sans que personne
les eût appelés ; le père en tirait déjà
mauvaise augure , lorsqu'à travers la
grille d'un jardin , une multitude de
jeunes personnes, qui avaient entendu
le petit marchand , l'appelèrent à
l'envie l'une de l'autre.

C'était une pension de jeunes demoiselles. Elles firent ouvrir la porte,
et on introduisit nos deux négocians et
leur magasin.

Les *aiguilles*, les épingles, le fil,
les dés , furent l'objet des désirs de ces
jeunes filles ; elles s'en munirent toutes plus ou moins : quelques-unes
choisirent des ciseaux et des rubans,
et M. Pierre avait reçu plus de dix
écus en échange de ses marchandises,
ce qui était une jolie étrenne , tout al-
loit bien jusque-là , lorsqu'une de ces
pensionnaires se souvient qu'elle avait
besoin de lacets , l'officieux Jules la

I. 2

servit, et lui dit : Si vous voulez,
mademoiselle, je vous lacerai ; où
avez-vous appris, lui répondit-elle ;
que les garçons lacent les demoiselles ?
Vous êtes bien familier, mon ami. —
Mademoiselle, je croyais vous rendre
service ; j'ai bien des fois lacé ma petite cousine, quand ma bonne était
sortie ou occupée. Tiens, ma bonne
amie, reprit une espiégle, témoin de
ce dialogue, ce petit manan a une
bonne ; c'est sans doute quelque servante de cabaret : il faut l'envoyer
lacer le bât de son âne. Pour cette fois
la pauvre Jules se senti humilié ; l'at-
taque était trop vive et trop directe
pour qu'il y fût insensible : il apper-
çut la différence de ce qu'il était,
avec ce qu'il avait été ; et il allait répondre, lorsque son père, qui avait
entendu ce démêlé l'appela d'une voix
ferme, et lui ordonna d'aller l'atten-

dre à la porte ; il s'approcha ensuite
des deux belles courroucées , et leur
dit : Il faut excuser, mesdemoiselles ,
un enfant qui a cru être poli, lorsqu'il n'était qu'indiscret ; je vous en
fais mes excuses pour lui. Elles furent
si surprises du ton civil de M. Pierre ,
de son air distingué , de sa facilité à
s'exprimer , qu'elles ne purent trouver d'autres réponses qu'une révé-
rence respectueuse en lui payant ses
lacets , et elles se retirèrent. Ainsi
finit cette petite scène , quant aux
demoiselles ; mais le pauvre Jules
n'en était pas quitte ; c'est ce que l'on
verra dans le chapitre suivant.

CHAPITRE II.

La Ferme de Gournay.

LE pauvre Jules , le cœur gros de
son aventure , était resté à la porte

assis sur un banc de pierre , où il
tâchait d'étouffer ses larmes ; son père
le prit par la main , en lui disant :
Viens , mon petit camarade, viens ,
et consoles-toi , tu vas convenir que
le chagrin que tu éprouves n'est
qu'une suite de ton étourderie. Si tu
avais suivi le conseil que je t'avais
donné de ne point parler, tu n'aurais
pas proposé à cette demoiselle de la
lacer ; les dames qui achètent des lacets , ne se font point lacer par le
marchand qui leur a vendus, et tu
n'aurais point dit que tu avais eu une
bonne.

— Mais tout cela , Papa , ne mé-
ritoit pas de me traiter de manan.
Un marchand est donc bien méprisa-
sable ?

— Non , mon ami ; mais il faut
que chacun se tienne à sa place. Un
marchand ambulant , tels que nous

sommes, n'est pas censé avoir eu de l'aisance et des domestiques, il paroît donc ridicule, lorsqu'il se vante d'un bien qu'on ne croit pas fait pour lui : on le juge sur son état et sur son habit, et tu conviendras toi-même, tout jeune que tu es, que tu as déjà fait des comparaison orgueilleuses entre toi et les enfans que tu as vus dans les rues.

— J'en conviens, Papa, mais sous l'habit que je porte à présent, je suis toujours moi, je n'ai point oublié ce qu'on m'a appris, et les sentimens qu'on m'a inspirés.

— Il ne faut pas non plus les oublier, mais il faut te taire.

— Ah! je vous le promets, Papa, j'aimerais mieux ne jamais parler qu'avec vous, que de m'entendre appeler maman.

Il le promettait de bonne foi, mais

2*

aura-t-il toujours, à son âge, le dis-
cernement de ce qu'il doit dire et de
ce qu'il doit taire ?

Cependant le calme étant rentré
dans son cœur, le Papa acheva de
lui faire oublier son chagrin, en parlant de faire halte. Ils se trouvaient
près d'un champ bordé de bonne
herbe; ils y laissèrent paître Marguerite, et déjeûnèrent des petites
provisions qu'ils avaient apportées
avec eux.

Après ce léger repas, *ils reprirent*
leur route, et arrivèrent à Gournai
à midi passé; ils approchèrent de la
maison du maître de la poste, au
moment où y arrivait, pour changer
de chevaux, un équipage qui venait
de Paris. Une dame âgée qui était
dans cette voiture, ayant aperçu nos
marchands, les fit appeler par ses
gens. Père, dit un des domestiques,

en s'adressant à M. Pierre , ma
maîtresse voudroit vous parler. Cette
épithète de *pere* , qui dans le sens
naturel n'a rien que d'honorable ;
prononcé cavalièrement par un valet,
au lieu de monsieur , parut mal son-
nante aux oreilles du marchand de
fraîche date ; cependant il s'approcha
de la voiture , et demanda à la dame
ce qu'elle souhaitait de lui. Beaucoup
plus polie que son laquais, je voudrais,
dit-elle , monsieur le marchand , savoir si vous avez des lunettes ; j'ai
oublié les miennes à Paris , et je serais
privée de lire dans ma voiture , ce
qui est une grande peine pour moi.

— J'en ai , madame , plusieurs
paires , mais il n'y en a que quelques-unes avec des montures délicates, telles qu'il vous les faut , je souhaite qu'il s'en trouve qui puissent
vous convenir.

— Voyons toujours , je vous prie.

Il tira la boîte aux lunettes des paniers de Marguerite , et la dame en choisit trois paires qu'elle paya en femme riche , et qui trouve à propos ce qu'elle désirait.

Tandis que le père faisait cette affaire , le fils s'était montré avec Marguerite à l'entrée de la cour de cette maison de poste , qui était en même temps une des plus belles fermes de la France. L'activité y faisait régner l'abondance , et même un air d'opulence ; quatre grandes filles du fermier et leur mère recevaient et accueillaient les voyageurs , et se partageaient les soins du ménage ; elles étaient toutes les quatre belles et bien faites , et dans l'âge où l'on s'amuse de tout ce qui se présente sous un aspect agréable. Ce petit marchand , défilant la liste de ses marchandises les fit rire de tout leur cœur, et elles l'appelèrent pour le voir et l'entendre de plus près.

Voilà une nouvelles occasion, dit leur mère, de semer votre argent; vous faites bien, il en repousse; mais j'ai aussi besoin de ce marchand : s'il a des bas, j'en achèterai pour vos frères. Petit ami, avez-vous des bas de coton blanc? Oui, madame, et des beaux; mais je ne peux pas vous les montrer que Papa ne soit venu.

— Et où est-il votre Papa?

— Il est là occupé avec une dame qui est dans le carosse arrêté à votre porte.

— Ah! je le vois, eh bien! il faut décharger votre bourrique de ses paniers. Allons, Marie, Jeannette, entrez les paniers, et faite conduire cette bête dans l'étable, et qu'on lui donne

à manger; c'est , par ma foi , une
bonne bête , et en bon état ; et vous ,
mon petit, avez-vous dîné ?

— Pas encore , madame.

— En attendant il faut vous rafraîchir; buvez ce petit verre de vin.

—Ah ! madame , je ne suis pas ac-
coutumé à boire , cela me ferait mal ,
je vous remercie.

Comme il se défendait , le papa entra en saluant , et demandant à Jules
pourquoi il s'était installé dans une
auberge qui ne convenait pas à des
petit marchands comme eux.

— Je ne me suis pas installé ici ,
Papa, c'est madame....

La dame prit la parole , lui raconta , plus vîte que je ne l'ai fait , ce
qui venait de se passer , et l'envie
qu'elle avait d'acheter plusieurs choses.

Aussitôt tout fut déballé ; la mère
et les filles firent leur choix , les prix

ne furent point débattus ; on trouva
même que M. Pierre était moins cher
que tous ceux qui s'étaient présentés
avant lui. C'est , dit-il , que je me
contente de peu , et que j'ai tout
acheté en fabrique.

On en était là , lorsqu'il entra un
gros et grand homme de bonne mine,
en gilet de molleton blanc , bonnet de
coton sur la tête , qui dit : Voilà un
moment bien choisi, femme , pour
faire tes emplettes ; je meurs de faim ,
tu finiras après dîner.

— Tu ne veux pas, mon ami, que
tes enfans aillent sans bas ; je leur en
ai promis, et beaucoup d'autres petites
choses dont ils ont besoin : quand on
trouve son bon on le prend.

— Tu es donc contente du marchand ?

— Oui.

— Eh bien ! Papa , dit-il à M.

Pierre ; mettons-nous à table , vous remballerez après : vous n'avez rien à craindre ici, on ne vous prendra pas un fêtu.

— Je le crois, Monsieur ; mais je n'ai pas le moyen de prendre mes repas dans une maison comme la vôtre.

— En v'là bien d'une autre ; qui vous parle de vos moyens ? Quand on dîne à ma table on ne paye pas. Est-ce que vous ne voulez pas accepter mon dîner ?

— Vous me faites honneur , mais vous ne devez pas vous fâcher de mon observation , chacun doit se mesurer à son petit pouvoir.

— Vous avez raison , et si chacun en faisait autant , on verrait moins de gens déranger leurs affaire ; au surplus vous vous trompez sur les bonnes auberges, on y est dans l'usage de faire payer le voyageur d'après sa pro-

fession ; il y trouve toujours de meilleurs morceaux et de meilleurs vins
que dans les auberges borgnes, et il
n'y est point écorché.

Tout en parlant on s'était mis à table , et le spectacle de cette heureuse
famille, l'honnêteté et la bonhommie
du chef, suspendirent dans le cœur du
marchand forain, le sentiment de ses
peines. Il se voyait honoré dans son
nouvel état. De bon vin , une poularde
fine achevèrent de compléter l'illusion; *il* se livra à ce moment de distraction , et, trop éclairé pour ne pas
se mettre à la portée de ses hôtes, il
sut les entretenir des objets qui leur
étaient familiers.

Ce moyen est en général celui qui
réussit dans toutes les sociétés ; aussi
M. Pierre plut-il au fermier , à son
épouse, et même àleurs filles; mais
celles-ci, comme toutes les jeunes

personnes , aimant mieux les jeux de
leur âge , que les longs dîners, étaient
déjà disparues , et avaient emmené
avec elles le petit Jules , qui les amusait par sa gaîté naïve.

Ils avaient ensemble déjà parcouru
les jardins , et ils en revenaient lorsque
Jules fut frappé de surprise en voyant
un oiseau très-gros qui faisait la roue
comme un paon , et semblait régner
sur toutes les volailles de la basse cour ;
il entra en s'écriant : Papa , Papa ,
venez donc voir un gros oiseau qui a
la crête et cravatte rouge comme du
sang , et qui tient sa queue en éven-
tail ; il a l'air d'être en colère , je n'ai
pas osé en approcher.

— Je parierais que c'est un dindon ,
répondit son père.

— Vous avez deviné , dit le fermier;
il paraît que voilà le premier voyage que vous faites faire à cet enfant,

et qu'il n'a pas encore vu la campagne.

— Si, monsieur, répondit Jules, j'ai déjà vu la campagne et aussi des dindons ; mais je n'en ai jamais vu de semblable.

— Il a raison, dit à son tour la mère, on n'en voit pas souvent comme celui-là ; c'est un mâle de la plus grosse espèce ; il est toujours bouffi ; c'est bien l'orgueil en personne : il est vraiment curieux à voir.

— Eh bien ! nous irons le voir, reprit son mari ; mais auparavant vidons notre bouteille, et vous, mon petit, retournez jouer.

— En voilà assez, dit M. Pierre, je suis bien sensible à votre honnêteté, mais voilà l'heure de partir ; il doit être plus de trois heures : en même temps il tira sa montre qui marquait trois heures et quart.

— Vous avancez, lui dit son hôte, je n'ai pas trois heures à la mienne, cependant je n'oserais l'affirmer, car elle est dérangée, et je ne peux plus la régler, depuis que mes enfans ont, en courant, bouleversé mon cadran solaire.

— Est-ce que le style est brisé?

— Qu'appelez-vous le style?

— C'est le morceau de fer qui tient lieu d'aiguille, et dont l'ombre marque les heures.

— Non, ce que vous dites-là est entier, et le cadran aussi; mais il est descellé.

— C'est dommage qu'il soit plus de midi, je l'aurais remis en état avec un instrument que j'ai dans mes paniers.

— Vous savez donc vous en servir? Il me paraît que vous n'avez pas toujours été marchand forain.

Ici , M. Pierre sentit qu'il aurait bien fait de prendre pour lui un peu des leçons qu'il avait données le matin à son fils ; cependant il se remit si promptement qu'il ne ne laissa voir aucun embarras , et répondit qu'ayant fait dans sa jeunesse un voyage sur mer, il avait appris, avec les marins, à se servir de cet instrument.

Eh bien ! reprit le bon fermier, vous me rendrez un service d'ami, si vous voulez me rétablir ce cadran; et, puisqu'il faut attendre midi, vous resterez avec nous jusqu'à demain : je vous ferai dîner de bonne heure, et avant deux heures vous pourrez partir. Achevons de boire, et puis nous irons voir le cadran , afin que je vous procure tout ce qu'il faudra pour le resceller.

— Je serais fâché de refuser un aussi galant homme que vous ; quoiqu'il

3 *

me reste un long voyage à faire, je
m'arrêterai toujours pour acquérir un
un bon ami.

— C'est bien cela ; et voilà comme
j'aime les hommes : mais, dites-moi,
vous avez donc une destination mar-
quée.

— Oui, je vais à Lille pour m'as-
sortir de fils de Flandre , et établir les
moyens de m'en faire envoyer par-
tout où je serai : c'est un article qui
paraît indifférent, et qui est cependant
celui qui produit le plus , parce qu'il
se vend tous les jours ; vous en pouvez juger par ce que j'en ai vendu chez
vous.

— C'est fort bien ; et pour vous dédommager de votre complaisanse, je
vous donnerai une lettre pour le maître des diligences à Lille , qui est mon
ami, et qui vous rendra service; je
vous en donnerai deux autres pour des

maîtres de postes qui sont sur votre
route : ce sont mes cousins ; vous en
serez bien reçu , et ils vous condui-
ront dans les châteaux de leurs voisinage. Nous voici au mois de mai, ces
châteaux sont déjà habités par leurs
maîtres et vous y ferez vos petites affaires ; mais nous ne buvons pas : buvez donc , pour que nous puissions aller nous promener.

— M. Pierre se hâta de boire et de
remercier son hôte, qui lui dit : Ne
me remerciez pas plus qu'il ne faut.
Vous aurez la peine d'écrire les lettres, et je les signerai ; car je me doute
que vous écrivez plus facilement
que moi : après cela nous ferons une
partie de picquet. Je voudrais vous gagner un tirbouchon ; j'ai perdu le mien,
et c'est un meuble dont j'ai souvent besoin.

Ils se levèrent et passèrent au jar-

din. Après l'avoir parcouru et quelques
autres parties de la ferme, le maître
fut visiter ses chevaux, et M. Pierre
rentra serrer ses marchandises dans
ses paniers, d'où il eût soin de tirer
son octant, pour s'en servir le lendemain. Il avait aussi envelopé dans du
papier deux beaux tirbouchons, dont
l'étui était un fusil propre à éguiser les
coûteaux, et les présenta à son hôte,
qui les reçut de bonne grâce, et lui
dit : En ce cas, toutes pertes seront pertes, je mettrai la mienne sur la table :
en attendant commençons par nos lettres.

Ces trois lettres, dictées par l'honnête fermier, sont conservées en entier dans les mémoires originaux ;
comme je n'y ai rien trouvé de plai-
sant, si ce n'est la longue file de com-
pliment et d'embrassade pour les on-
cles, les tantes, les cousins, les cou-

sines et leurs enfans, j'ai cru devoir en faire grâce au lecteur, parce qu'il n'en est presque aucun qui n'ait été à portée d'en lire de semblables.

Après ces dépêches faites, on apporta une table, des cartes, et l'enjeu du maître de la maison; qui consistait en deux bouteilles de vieux Bourgogne.

Je ne suis pas de force à vous faire raison, lui *dit* M. Pierre, à peine sommes nous hors de table,

— Hé bien! voilà un gars qui nous aidera; il aime mieux cela qu'un verre de tisanne.

— Ah, Oui! mon père, répondit un beau et grand jenne *homme* qui revenait de conduire des voyageurs à la poste prochaine.

M. Pierre, en considérant ce nouveau membre de la nombreuse famille de son hôte, se disait : Voilà des gens qui, comme moi, n'ont pas blanchi sur des livres, à qui un habit grossier suffit le long de la semaine, et dont un très-simple fait le bonheur le dimanche; ils ont de l'aisance et vivent contents. Ah! ce n'est qu'en descendant qu'on devient heureux, et j'ai eu raison de préférer le parti que j'ai pris; tout ce que je vois m'affermit dans ma résolution.

Cependant la partie de picquet se termina; les bouteilles se vidèrent, Jules, qu'on avait fait souper, était endormi dans un coin. On conduisit le père et le fils dans une chambre très-propre, où, dans un bon lit, ils reposèrent jusqu'au lendemain.

CHAPITRE III.

Départ de Gournai.

JULES , qui avait été fêté et caressé ,
et qui avait joué et couru toute l'après-
dîner , se trouvait si bien dans cette
ferme , qu'il y serait volontiers resté ;
il avait dormi de si bon cœur , qu'il ne
s'éveilla qu'à sept heures ; et, se trouvant seul au lit , il se hâta de s'habiller et de se rendre à la salle commune,
où il entra avec un peu de honte de sa
paresse.

Son père déjeûnait avec le maître
de la maison : quant à lui , il fut de
la partie des dames , qui lui donnèrent
une ample tasse de café : en la prenant
il réserva une partie de son pain , qu'il
fut porter à Marguerite , qui lui en té-
moigna sa sensibilité , en quittant son

foin pour le petit présent de son jeune maître.

Qu'on ne soit par surpris, si l'on me voit revenir souvent sur l'affection de Jules pour sa bourrique, Sancho n'est pas le seul qui ait pu concevoir de l'attachement pour ces animaux trop avilis, et l'on verra par la conduite de Marguerite, qu'ils sont susceptibles d'amitié et de reconnaissance.

Le maître de poste, qui ne voulait pas que M. Pierre perdit une matinée qui pouvait lui être profitable, lui avait conseillé d'aller faire une tournée dans le village; où se trouvaient aussi plusieurs maisons bourgeoises Ils venaient tous deux à l'étable chercher Marguerite, pour lui remettre son bât, et la trouvèrent achevant son pain. Bien, dit l'hôte à Jules, très-bien, mon petit ami; vous serez un bon sujet, car vous avez un bon cœur : continuez et vous mériterez les bontés de votre père et l'estime de tous les honnêtes gens.

Le père et le fils parcoururent le village, et éprouvèrent qu'on leur avait donné un bon conseil.

A onze heures ils revinrent à la ferme, et M. Pierre, muni de tout ce qu'il lui fallait pour réparer le cadran solaire, le rétablit à la grande satisfaction du maître.

Ils trouvèrent à la maison un dîner qu'on leur avait préparé, et rien ne s'opposa plus à leur départ. Le père demanda à l'honnête fermier, la permission de lui faire adresser, de Lille, quelques petits ballots de marchandises ; afin qu'il put éviter les entrées de Paris et ne pas payer de droits pour des objets qui devaient être vendus au déhors ; ce service lui fut accordé avec d'autant plus de plaisir, qu'il devenait une occasion de se revoir.

4

Enfin, Marguerite était chargée, on .ait fermer ses paniers, quand la maîtresse dit : Je voudrais voir s'il ne sont pas un peu moins pleins qu'hier ; il s'y trouvait en effet du vide, que chacun s'empressa de remplir ; la mère y mit une volaille bien enveloppée, qu'elle avait fait rôtir à cette intention; le père quelques bouteilles de vin ; les demoiselles du fruit pour Jules, et l'un des fils apporta un petit sac rempli d'avoine, qui trouvait sa place entre les deux paniers.

M. Pierre voulait se défendre de recevoir ces petites provisions. Ce que je vous offre, lui dit son hôte, est bien moindre que le service que vous m'avez rendu ; aussi n'est-ce pas un paiement, mais un témoignage d'amitié. En faisant halte avec votre fils, vous vous souviendrez de la ferme de Gournai, et vous boirez à notre santé,

Nous nous en souviendrons toujours sans cela, je vous le jure.

Nos voyageurs furent embrassés par toute la famille, et comblés de ses vœux ; ils se remirent en route.

~~~~~~~~~~~~~~~~~~~~~~~~~~~~~~~~~~~~~

CHAPITRE IV-

Arrivée et départ de Lille.

Deux journées si heureuses était un début de trop bon augure, pour que M. Pierre n'en conçut pas des espérances favorables ; un rayon de joie ranima ses traits, en entrevoyant la possibilité de soustraire sa famille aux besoins. La suite de sa route le convainquit que ces espérances n'étaient pas trompeuses.

Jules y contribua par sa vivacité, par l'intérêt qu'inspire son âge : toujours en avant avec sa chère compagne, il entra sans consulter son père,

dans la cour d'une abbaye qui se trouvait au bord du chemin, et proposa sa
marchandise aux tourières, qui ne
manquèrent pas de l'accueillir et d'aller annoncer aux dames un petit marchand, qu'il était incroyable de voir
aller si jeune tout seul.

Dans le cloître, le moindre objet de
distraction est un événement, dames
et pensionnaires vinrent au parloir;
mais Jules n'était déjà plus seul, et
son père avait introduit ses paniers.

Sa présence ne changea rien aux
dispositions des dames ; elle firent leurs
petites emplètes. Une religieuse voulant faire un cadeau à Jules, lui donna une pelote pour mettre ses épingles ; cela fournit au père l'idée de proposer à ces dames, de leur vendre ou
d'échanger quelques-uns de leurs petits ouvrages : l'échange fut accepté ;
il parut plus facile à la plupart de ces

dames d'échanger que de payer, et les transactions commerciales recommencèrent.

M. Pierre eut pour des aiguilles, des épingles et du fil, des pelotes, des portes-feuilles, des sachets, des flacons dans leurs étuis, quelques beaux chapelets; tous objets qu'il aurait payés à Paris dix fois plus cher. Aussi trouva-t-il à les vendre si avantageusement dans les *châteaux* et dans les villes où *il* passa, que, de ce moment, les maisons religieuses devinrent pour lui un objet de spéculation, et qu'il ne manqua plus de se présenter dans toutes celles qui ne le détournaient par trop de son chemin.

On ne retrouve pas deux fois la ferme de Gournai et les bonnes gens qui l'habitaient; cependant il fut accueilli des personnes à qui il était recommandé, et profita de leurs bons offices. Le

4*

concours de tant de circonstances heureuses avait tellement allégé les paniers de Marguerite, qu'il n'y restait
pas le quart des marchandises dont elle
était chargée en partant de Paris ; et
M. Pierre ne vit pas sans surprise, que
ses frais de route payés, il lui restait
encore plus de cinquante pour cent de
bénéfice.

Il avait déjà écrit en route à son
épouse. Son premier soin, en arrivant
à Lille, fut de lui donner des nouvelles de son heureux voyage ; et de lui
envoyer une partie de son gain. Il avait
mis quinze jours à faire cette route, ce
qui n'était pas trop, relativement à la
lenteur de sa marche et aux fréquentes stations qu'il avait faites.

Il ne fut pas fêté par le directeur
des diligences de Lille, comme il l'a-
vait été par le maître de poste de Gournai ; mais il en fut servi avec zèle ; pré-

senté ou recommandé par lui, il trou‑
va à se pourvoir des meilleures mar‑
chandises ; et par-tout on lui offrit, en
payant moitié comptant , six mois de
crédit pour le reste, en fournissant ses
billets payables dans Paris. Il en pro‑
fita , et les fit au domicile d'un rece‑
veur de rentes qui touchait quelques
petits débris de son ancienne fortune.

Obligé de revenir par Douai et Cam‑
brai , pour se munir des fils qu'il avait
cru trouver à Lille , il s'y pourvut aus‑
si de linons , de batiste et de petites
dentelles. Ensuite tirant sur Mézières ,
il reprit la route de Paris par Cha‑
lons-sur-Marne, Vitri-le-Français, Sé‑
zanne , Provins , Montereau et Fon‑
tainebleau. Il avait couché dans cette
dernière ville, et s'était entretenu avec
son fils du plaisir qu'il aurait de re‑
voir bientôt sa mère et son frère , dont
il n'était plus qu'à quatorze lieues.

Ils se proposaient, en conséquence, d'avancer le lendemain le plus possible et de se mettre en route de bonne heure ; mais le sort, qui avait marqué cette journée, pour ouvrir devant eux un nouvel horison, en décida autrement.

CHAPITRE V.

Où commence l'intérêt de l'histoire.

On était aux derniers jours de juin, un ciel couvert de nuages tempérait l'éclat du soleil et semblait annoncer que la chaleur serait suportable. Nos deux voyageurs, qui étaient partis à la pointe du jour, avaient dirigé leur marche sur la droite, pour s'approcher des rives de la Seine, et profiter, si l'occasion s'en présentait, du retour du coche d'eau, où ils pourraient, au

besoin, embarquer la paisible Marguerite. Le père faisait au fils l'histoire
du château de Fontainebleau ; ils
étaient enfin hors de la forêt, lorsque
de fréquens éclairs leur annoncèrent
la nécessité de chercher un abri. Les
maisons qu'ils appercevaient étaient
trop éloignées, pour espérer de pouvoir les atteindre assez-tôt ; ils se trouvaient à une égale distance de la forêt
et d'un petit bois qui était devant eux.
Ils donnèrent la préférence à celui-ci,
pour ne pas retourner sur leurs pas, et
y arrivèrent à temps pour se mettre à
l'abri; cependant l'orage fut si violent
qu'ils en furent incommodés; les feuil-
lages des arbres ne suffisaient plus pour
les garantir. L'eau qui en découlait
avec abondance ; les coups redoublés
du tonnerre effrayaient Marguerite,
qui ne voulait plus rester tranquille,
et ils se seraient trouvés très-embar-

rassés, s'ils n'eussent aperçu un endroit plus fouré, où ils s'enfoncèrent.

L'orage se calma enfin, et ils gagnè-
rent la maison la plus voisine d'eux,
qui était isolée et éloignée du village,
dont elle semblait faire partie. En approchant de cette maison, ils lurent
sur la principale porte : *Michel, charron.* Cela n'autorisait pas à y entrer
comme dans une auberge ; mais des
voyageurs mouillés et transis de froid
peuvent demander par-tout l'abri pour
un moment ; ils se hasardèrent donc
à y entrer ; et, n'ayant aperçu personne dans la cour, ils pénétrèrent jusqu'à la porte de la maison, dont ils levèrent le loquet, après avoir frappé.
Cette porte se trouvant entr'ouverte,
ils aperçurent une femme à genoux
devant une cheminée, dans un état de
désolation inexprimable, et auprès
d'elle un petit eufans qui poussait des

cris aigus; ils lui demandaient excuse
de leur hardiesse, lorsqu'elle leur dit:
Entrez, entrez, bonnes gens; c'est le
ciel qui vous envoie, car j'ai plus besoin de votre secours que vous n'avez
besoin du mien.

Cette femme était jeune et belle;
mais ses cheveux épars, sa gorge découverte et ses larmes pouvaient faire
croire à toutes sortes de malheurs M.
Pierre se hâta de lui demander si quelqu'un l'avait offensée.

— Hélas! non, monsieur. J'ai été
dans mon clos, où l'orage m'a surprise; je suis rentrée pénétrée de froid;
je n'ai pu réussir à rallumer le feu,
mon lait s'est grumelé dans mon sein,
et mon enfant, qui est trop faible pour
le faire revenir, va peut-être mourir
faute de secours; je suis au désespoir,
ses cris me brisent le cœur.

Le bon Pierre, sans répondre, rapprocha quelques brins de braises épars dans les cendres, envoya son fils chercher des copeaux qu'il avait aperçus dans la cour, et parvint à les allumer : il brisa des branches de fagots qu'il mit au feu, et, tranquille sur ces objets, il fit respirer à la mère de l'eau de Cologne qu'il portoit sur lui, et lui en fit avaler quelques gouttes ; et tandis qu'elle se réchauffait il courut à ses paniers, en tira du vin qu'il mêla avec du sucre, et essaya d'en faire passer quelques gouttes dans la bouche de l'enfant. Ce moyen n'ayant pas réussi ; sa mère tenta de lui présenter le sein, mais inutilement; ses cris continuèrent, et avec eux le désespoir de cette jeune femme. M. Pierre ne savait plus que lui proposer, lorsqu'elle s'écria : Il n'y aurait qu'un moyen de me sauver, ce serait que quelqu'un voulut me téter.

— Je suis trop vieux pour vous rendre ce service ; mais si vos voisines avaient quelqu'enfant de l'âge du vôtre, ou un peu plus fort, je courrais le chercher.

— Il n'y en a aux environs que de grands, et ils sont tous, à cette heure, à leur travail ; mais si votre petit voulait, le remède serait tout trouvé.

Jules, qui était dans l'âge qui ne tient plus à l'enfance et qui ne touche pas encore à la raison, avait déjà, à cette proposition, tourné la tête du côté de la porte, et allait s'éloigner, quand son père lui demanda pourquoi il témoignait de la répugnance ?

Je n'en sais rien, répondit-il ?

— Eh bien ! toute répugnance et tout dégoût de ce qu'on n'a pas éprouvé est une sottise. N'avez-vous pas tété dans votre enfance ? Ce qui vous a fait

L.   5.

du bien alors, ne peut vous faire de mal à présent.

— Je n'ai pas peur que cela me fasse du mal, mais je ne peux pas faire le poupon.

— Mauvaise honte, qu'il faut sur-monter. Voudriez-vous avoir moins d'humanité pour une mère qui souffre, que vous n'avez de complaisance pour Marguerite ?

C'est peut-être, ajouta la mère en pleurant, à votre petite femme que vous allez sauver la vie ; je le lui di-rai, quand elle pourra m'entendre , et elle vous aimera comme son sau-veur.

Jules était sensible ; il fut se jeter à genoux auprès de la jeune femme , et se prêta de bonne grâce à ce qu'elle souhaitait.

Sa force et la chaleur de sa bou-che achevèrent ce que le feu avait

commencé ; le lait reprit son cours , la
petite fille fut secourue et le calme ré-
tabli.

M. Pierre , touché de cette scène et
particulièrement de ce que cette mère
venait de dire d'obligeant à son fils ,
sensible à la confiance qu'elle leur témoignait , et , sans doute , entraîné
par l'empire qu'une femme charmante
exerce sur tous *les hommes* à quelqu'âge qu'ils soient , et sans qu'ils osent
se l'avouer , lui demanda à quoi il pouvait lui être utile jusqu'à ce qu'elle ne
fut plus seule.

— Hélas! dit-elle ! puisque vous êtes
si complaisant , rendez-moi le service
d'aller ramasser dans ce panier le linge
que j'avais *déjà* mis en tas , quand l'o-
rage m'a surprise ; vous le trouverez
au bout du clos sur une pièce de bois.
J'espère que la pluie ne l'aura pas gâté , j'en serai quitte pour le remettre à

sécher. Notre servante, Marie Jeanne, est allée au marché, et mon mari
est au château ; quand il sera revenu,
vous déjeûnerec avez lui, et je ferai un
bon dîner pour vous remettre de vos
fatigues.

Pierre rappela son fils, qui était allé
mettre sa chère Marguerite à l'abri
sous le hangard ; il lui ordonna de
rester auprès de madame Michel,
et s'en fut avec le panier chercher le
linge.

La chaleur ne tarda pas à endormir
Jules ; il était dans cette situation
lorsque Michel revint du château. Il
avait aperçu la bourrique sous son
hangard, il se douta bien, en voyant
un jeune garçon endormi auprès du
feu, qu'elle lui-appartenait ; mais
quand il eut appris de sa femme tout
ce qui venait de se passer, il prit Jules dans ses bras, le porta sur son lit

et il le couvrait avec soin, quand M.
Pierre, le panier sur l'épaule, rentra
par la porte du fond. Ce fut un spectacle pour ces deux pères, de se surprendre à se rendre réciproquement service. Après ce premier moment, l'attrait
qui entraîne les bons cœurs agit réciproquement sur eux, et ils se tendirent
en même temps la main en témoignage
d'amitié.

Vous m'avez rendu service, dit Michel à Pierre, et je souhaite trouver l'occasion de vous en témoigner
ma reconnaissance ; je vous prouve-
rai que vous n'avez pas obligé des in-
grats.

— Je n'ai fait que ce que tout autre
aurait fait, à moins qu'il n'eût été sans
humanité.

— Sans doute, mais la manière et
l'empressement à secourir n'ont point
de prix. Achevons de faire connais-

5 *

sance en déjeûnant, vous devez en
avoir besoin, et j'espère que vous ne
me refuserez pas.

— Avec plaisir; mais je voudrais
auparavant mettre ma bête à portée
d'en faire autant; mon fils me cher-
cherait querelle si je l'oubliais. Je ne
conçois pas comment il a pu s'endormir sans y songer.

Marguerite fut déchargée et mise
à l'écurie; après quoi on se mit à
table.

CHAPITRE VI.

Commencement de liaison.

Il me paraît, monsieur, que vous êtes
marchand, dit Michel, après avoir
bu le premier coup, cela s'arrange
bien avec le désir que j'ai de vous re-
tenir quelque temps avec moi, car

vous pourrez trouver du débit dans nos environs.

— Je ne pourrai profiter de votre invitation ; une affaire pressante me rappelle à Paris : et le mauvais temps d'aujourd'hui me fait perdre un jour de marche, que je regrettrais, s'il ne m'avait procuré le bonheur de vous connaître.

— Vous ne partirez pourtant pas d'ici, que vous n'ayez été chez la dame de notre village ; vous verrez qu'il y a de l'honneur et du profit à la connaître. Si le temps change je vous y conduirai après dîner, sinon ce sera pour demain matin.

— J'en suis bien reconnaissant; mais il faut que je me hâte, ce sera pour un autre voyage.

— Il ne faut pas remettre les bonnes affaires, je vous ferai réparer le temps perdu. J'ai des voitures et des

chevaux à mon service, je vous ferai
conduire à Paris aussi vîte que vous
voudrez , et je garderai ici votré enfant et votre petit équipage.

— L'affaire qui me rappelle, ne me
permet pas de retourner seul , il faut
que mon fils vienne aussi revoir sa
mère , qui nous attend pour déména-
ger , et qui serait dans l'embarras.

— Il me semble qu'à Paris , on dé-
ménage le huit du mois de juillet
prochain , et nous sommes encore au
mois de juin , vous avez du temps de
reste.

—Oui, si ma femme avait un logement arrêté; mais elle m'attend
pour le choisir , parce que notre intention est d'en prendre un aux environs de Paris , qui soit moins cher
qu'à la ville et plus proportionné à nos
moyens.

— Cela est différent ; mais tenez,

les bonnes idées viennent en buvant,
nous parlerons de cela en dînant, en
attendant venez visiter mon petit domaine. Apropos, dîtes-moi donc votre
nom; vous savez le mien, il est sur ma
porte.

— Je m'appelle Pierre, et bien à
votre service.

— Eh bien! papa Pierre, allons faire
un tour tandis que votre fils dort, nous
l'éveillerons pour dîner.

Il sortirent ensenble; et pendant
qu'ils font le tour du jardin, je vais
faire le portrait de M. Michel; le rôle
qu'il joue dans cette histoire, exige
que je le fasse connaître.

C'était un homme entre quarante
et quarante-cinq ans, de belle taille,
ayant la barbe brune et bien plantée,
les yeux vifs, spirituels, le regard
pénétrant, le teint blanc et animé par
de belles couleurs; il eût pu être pris

pour ce qu'on appelle dans le monde
un bel homme, et même un agréable,
si ses cheveux, naturellement bou-
clés, et qu'il portait en rond, n'eussent prêté à sa phisionomie quelques
années de plus, et aussi cet air de bon-
homie qui résultait de leur négligen-
ce. Cependant, son vêtement, qui
était soigné, tenait de la ville et de
la Campagne, et était relevé par du
linge blanc et une cravate fine ; de
sorte que, dans un cercle de la ville,
on eût pu le prendre pour un provin-
cial, plutôt que pour ce qu'on appelle un paysan.

Au portrait que je viens d'en faire,
il joignait des manières aisées, un
ton affable, et un langage pur qui n'a-
vait point échappé à M. Pierre. Celui-
ci, qui s'exprimait aussi bien et qui
joignait à une figure distinguée toutes
les habitudes prises dans les meilleu-

res sociétés de la capitale, et qu'il ne
réussissait pas toujours à dissimuler,
avait aussi fourni au père Michel matière à faire bien des réflexions. Tous
deux s'examinaient donc avec l'attention de la curiosité mais sans défiance,
parce qu'ils étaient attirés l'un vers
l'autre.

Ils en étaient à ce point lorsqu'il
revinrent du jardin dont ils n'avaient
fait que le tour, parce que la pluie
en avait gâté les allées. Ils visitèrent
les hangars, dont un fermé, recelait
le train presque fini d'une petite calèche à quatre roues. Sa légèreté et
son élégance frappèrent M. Pierre,
qui dit à son conducteur : Il paraît
que vous n'avez pas toujours travaillé à la campagne, M. Michel; voilà
un train comparable à ce que l'on fait
de mieux à Bruxelles.

— C'est mon coup d'essai en ce genre.

Je l'ai tenté pour madame de Bonneval, qui est la maraine de ma petite Louise et la protectrice de mon
petit ménage : c'est la dame que je
désire vous faire connaître. Je veux
lui présenter cette calêche pour sa
fête; et pour la surprendre, je l'ai te-
nue cachée.

Après avoir visité les ateliers, ils
montèrent au premier étage, dont
une partie n'était que des pièces pro-
pres à recueillir des grains et des fruits;
mais il s'y trouvait aussi deux pièces et
un cabinet avec portes, fenêtres et
boiseries : le tout simple et aussi
propre qu'on eût pu le désirer à la
ville.

Voilà un joli logement, dit M. Pierre, et plus agréable que le rez-dechaussée.

— Cela est vrai; c'est celui que j'oc-
cupais étant garçon, et il me plaisait

aussi comme l'ouvrage de mes mains ;
mais depuis que j'ai épousé la bonne
Colette, et que nous avons perdu sa
mère , nous nous sommes fixés en
bas , à cause du travail et des commodités de la vie qui s'y trouvent de plein
pied. Ainsi, ce petit logement restera
vide , jusqu'à ce que je puisse le voir
occupé par de bons amis.

— Votre habitation est charmante,
M. Michel ; vous y avez tout : l'aisance de la campagne , une partie des
agrémens de la ville , une femme que
vous pourriez aussi bien appeller la
belle Colette que la bonne.

— J'en conviens , mais c'est pourtant sa bonté qui m'a touché avant
qu'elle fût devenue belle, ce qui
pourtant ne nuit pas. Allons voir ce
qu'elle fait, voilà l'heure de dîner : ils
descendirent.

La grosse Marie-Jeanne était reve-

I.   6

nue, le couvert était mis ; Jules, qui
s'était éveillé en sursaut était allé auprès de sa chère Marguerite, où son
père fut le chercher, et le trouva l'é-
trille à la main, ni plus ni moins que
pour un cheval de cent pistoles.

M. Michel profita de leur absence
pour parler à sa femme en ces ter-
mes :

— Te voilà bien remise à ce qu'il me
paraît, ma chère amie?

— Oui, mon ami, grâce au ciel et
à ces bonnes gens qu'il m'a envoyés.

— Je ne les aime pas moins que toi,
et je voudrais leur rendre service ;
mais comme je me doute qu'ils ont
été autre chose que ce qu'ils parais-
sent, je voudrais m'aider des lumières de madame de Bonneval sans
qu'il puissent s'en douter. Tu iras
donc après dîner au château, sous
prétexte d'une course au village, ra-

conter à cette dame tout ce qui s'est passé, et demain, quand je lui aurai mené le père et le fils, je me retirerai tout de suite : ils ne pourront deviner qu'elle ait été prévenue.

— Je ferai comme tu dis, mon ami; tu peux compter que ta commission sera bien faite.

Pierre et Jules étant rentrés, on se mit à table.

Après le potage, on but à la ronde, et M. Michel dit qu'il buvait à la santé de madame Pierre. Elle doit être jeune votre épouse, ajouta-t-il, car vous n'avez guères plus de quarante ans, M. Pierre?

— J'en aurai bientôt quarante-cinq, et ma femme vingt-huit.

Vingt-huit! Une femme de vingt-huit ans n'est pas disproportionnée avec une du vingt : ce serait une compagnie bien désirable pour ma Colette.

Tenez, M. Pierre, c'est le verre à la main qu'on est sincère, ou on ne l'est jamais. Dites-moi comment vous trouvez le souhait que je forme de voir nos femmes ensemble ?

— Je pense que la société de votre épouse serait agréable à tout le monde et qu'elle le serait particulièrement à ma femme, dont je connais le caractère.

— Qui vous empêcherait de les réunir ? Vous cherchez un logement ; j'en ai un qui vous a plu, et qui est tout prêt.

— Il ne suffit pas d'un logement. Il faut vivre ; et ma femme, qui n'est pas habituée au séjour de la compagne, ne trouverait pas ici, comme à la ville ou dans un faubourg, tous les moyens de s'approvisionner rapprochés d'elle.

— Elle n'aurait pas cette peine-là ;

elle vivrait avec nous. Quelque part qu'elle soit , il faut en faire la dépense.

— Vous êtes bien obligeant, M. Michel, mais ma femme n'est pas seule; nous avons encore un fils plus jeune que celui-ci de trois ans.

— Il a donc neuf ans? car celui-ci en paraît avoir douze à treize.

— Il n'a pas encore neuf ans, et son frère pas encore six.

— Je lui aurais donné au moins douze ans , tant il est grand et raisonnable.

— Ils sont tous deux d'une belle venue. Son frère Paul est, proportion gardée, plus fort, plus agile , et très-adroit de ses mains; mais il est bruyant, rien ne lui plaît que ce qui exige du mouvement.

— Tant mieux! Il sera mon apprenti, et je lui montrerai en même temps à écrire, compter et dessiner.

6*

— En vérité, M. Michel , je ne sais
comment répondre à vos offres , et je
les accepterais , si j'avais le moyen de
payer un apprentissage et une pension.

— Qui vous parle de payer un apprentissage ? Cela se paye par le
temps ; et vous devez savoir qu'un
enfans gagne sa vie à la campagne ,
dès qu'il peut porter quelques chose
et mener les vaches aux champs.
Quant à madame Pierre , si je ne
vous demandais rien , vous vous fâ-
cheriez , ainsi vous me paierez pour
elle quinze francs par mois , tant
qu'il lui conviendra de rester avec
nous , et elle fera avec ma femme
échange de bons offices. Les dames
de la ville savent toujours quelques
ouvrages que celles de la campagne
n'ont pas appris. Allons , dites que
vous acceptez.

— Oui, et de bon cœur, à moins que ma femme n'ait pris quelque engagement depuis que je lui ai écrit ; mais cela ne serait que différé. Il ne me reste plus que l'embarras du délogement, ou plutôt du transport jusqu'ici.

— Rien de si facile. Presque tous les jours il part du village des voitures chargées de grains ou de fourrages : elles reviennent à vide ; nous prendrons nos mesures ensemble dès demain, et, quand il vous en faudrait trois, moyennant trente sous pour boire par chacune, on vous transportera les effets, la mère, l'enfant et vous aussi.

— Voilà qui est convenu, et je voudrais que déjà ma femme en fût instruite.

— Elle le sera bientôt. Buvons à votre santé, M. Pierre ; je suis vraiment

ravi de l'espoir que vous me donnez
de voir notre liaison s'établir.

— Je ne suis pas moins touché de
vos politesses et de vos attentions , M.
Michel ; mais c'est à la santé de madame Michel que je bois ; c'est à elle
que je dois le bonheur de m'être arrêté chez vous.

— Madame Michel ne resta pas
muette à ce témoignage de reconnaissance ; et , comme on avait fait honneur a un plat de salé aux choux ,
elle le remplaça par une gibelote de
lapin et deux perdreaux rôtis.

Pour un homme qui exige de la sincérité , et qui doit recevoir et traiter
sans façon , vous conviendrez , dit M.
Pierre , à la vue de ces perdreaux ,
que voilà de la cérémonie.

— C'est , je vous , assure, répondit
Michel , ce que je pouvais vous offrir
de moins cher.

— Et comment faites-vous pour avoir du gibier si près des plaisirs du roi ?

— C'est un présent de madame de Bonneval à ma femme ; elle lui en donne souvent ; mais elle en donne aussi aux autres habitans du village : par ce moyen , personne ne se permet de braconner sur ses terres.

— Comment nommez-vous ce lieu ?

— Thouars (1) , vous avez dû voir malgrez l'orage , que ce pays est beau, et vous admirerez sur-tout la situation

---

(1) On chercheroit inutilement le village de Thouars sur les bords de la Seine aux environs de Fontainebleau ; on sentira que dans une histoire dont plusieurs personnages sont encore vivans , on a dû se permettre de changer les noms des lieux aussi bien que ceux des personnes, et qu'on a pu placer sur les bords de la Seine des événemens passés sur ceux de la Marne ou de la Loire.

du château , qui est vraiment délicieuse , pour completter l'illusion , on
a tellement soigné l'intérieur , qu'il
ressemble à un palais de fées ; mais
son plus bel ornement , c'est sa maîtresse.

— C'est donc une bien bonne dame,
que madame de Bonneval ?

— Depuis qu'elle est fixée dans
cette terre , on ignore ce que c'est que
le malheur ; elle y répand ses bienfaits et elle y entretient l'ordre , plus
par la crainte qu'on a de lui déplaire,
que par les soins de son bailli.

— C'est une femme âgée sans
doute ?

— Non , elle est jeune et belle. Elle
réunit toutes les qualités du cœur et
de l'esprit.

Jules , à qui les longs dîners ne convenaient pas plus que les fréquentes
santés , s'était levé et avait été tourner

auprès de la grosse Marie Jeanne, qui lui avait donné une image qu'elle avait rapportée du marché. Cette image était un arlequin, ayant au bas l'inscription très-connu : *Castigat ridendo mores.* Jules qui la comprenait bien , mais qui ne sentait pas le rapport qu'elle pouvait avoir avec l'arlequin , et qui ne prévoyait pas qu'il allait manquer à la prudence, tant recommandée par son père , s'en vint à lui à l'instant où M. Michel venait de finir l'éloge de madame de Bonneval. Regardez ; Papa, dit-il, cet arlequin.

— Qu'a-t-il d'extraordinaire ?

— C'est ce qu'on a mis au bas : Est-ce qu'un arlequin corrige les mœurs ?

— Allez, répondit sèchement son père , vous me parlerez de cela un autrefois.

— C'est une chose assez curieuse,

reprit M. Michel, que deux marchands
merciers, qui entendent la langue des
Romains.

— Pas plus , mon cher hôte, que
d'entendre un charron , peindre avec
autant de délicatesse que de sensibilité,
les qualités d'une belle dame.

— Vous avez raison , mon cher
Pierre , et je sens que nous aurons réciproquement plus d'une confidence à
nous faire. Pour aujourd'hui , ne songeons qu'au plaisir d'être ensemble.

Ce plaisir leur avait déjà fait perdre
de vue les projets de circonspection ,
et l'ordinaire effet de la gaîté aurait
précipité les épanchemens , s'ils n'eussent été des buveurs très-modérés.

Madame Michel , qui n'avait point
oublié la course secrète qu'elle devait
faire au château , ayant remarqué que
le chemin était devenu mauvais, demanda à M. Pierre , s'il voulait lui

prêter sa bourrique. Il était tout naturel qu'elle crut pouvoir disposer des
propriétés de ses amis , comme ils
auraient pu disposer des siennes ; aussi
n'éprouva-t-elle , de M. Pierre , que
le regret de n'avoir pas une selle à
lui offrir. Qu'à cela ne tienne , répondit la jeune femme , je vais lui
mettre une torche, je suis accoutumée
à aller ainsi.

Aussitôt qu'elle fut partie , M. Michel renoua l'entretien de cette manière.

— D'après l'envie que j'ai de vous
présenter à madame de Bonneval , il
n'est pas inutile que j'achève de vous
la faire connaître.

Cette dame , issue d'une des plus
anciennes et des plus illustres maisons
de France , se trouvait destinée à une
clôture perpétuelle , étant cadette de
deux frères et d'une sœur , pour l'éta-

I.   7

blissement desquels on avait fait les
plus grands sacrifices. Cependant ,
comme elle était chérie de ses paens ,
on reculait le plus possible l'instant de
la rendre victime de la nécessité et des
conventions d'une politique barbare.
Sa grande jeunesse et sa beauté lais-
saient d'ailleurs l'espoir que quelqu'un
pourrait lui offrir un établissement qui
la laisserait dans le monde , dont elle
devoit faire l'ornement.

Ce parti ne pouvait se trouver que
parmi ce qu'il y avait de plus distingué
dans la robe, car la famille n'eût pu se
déterminer à descendre jusqu'à la fi-
nance.

Ce fut dans ces circonstances que
M. de Bonneval crut pouvoir réussir à
soustraire cette jeune demoiselle au
sort qui la menaçait.

Ami de ses père et mère , admis
dans leur familiarité , il devait cette

faveur à sa naissance et plus encore
à son mérite. Né fils d'un président au
parlement de Rennes, il y avait rempli
avec tant de distinction la place d'a-
vocat général, que le roi l'appela à son
conseil, et l'envoya soutenir ses intérêts
auprès des états-généraux à la Haye,
et aussi dans quelques cours d'Alle-
magne.

De retour de ces diverses missions,
il jouissait de tout l'éclat de sa réputation, dans l'âge où la plupart des
hommes commencent à travailler à
s'en faire une.

Ce fut sous d'aussi heureux auspices
qu'il offrit ses vœux à la jeune mar-
quise; elle y fut sensible, abstraction
faite de l'aversion qu'elle pouvait
avoir pour le cloître, et lui avoua que
s'il pouvait obtenir l'agrément de sa
famille, elle se trouverait heureuse de
vivre avec lui.

M. de Bonneval, dont la fortune était considérable et indépandante, n'éprouva aucune difficulté, et le mariage fut conclu.

Cependant, ni la qualité de conseiller d'état, ni celle de ministre plénipotentiaire ne rapprochaient assez M. de Bonneval des ducs et des maréchaux de France, auxquels tenait son épouse, pour qu'elle put aller de pair avec eux. Quoiqu'elle n'eût montré aucune prétention à figurer à la cour, elle s'attendait à être recherchée et vue de ses parens : mais les femmes, que la vanité rend presque toujours petites, lui firent éprouver tant de hauteur, qu'elle ne tarda pas à sentir ce qu'elle se devait, ainsi qu'à M. de Bonneval; et, autant par reconnaissance que par amour pour lui, elle se choisit un cercle parmis ce qu'il y avait à Paris de plus estimable, et y trouva, et y fit trouver à son mari, tout le bonheur qui dépendait d'elle pendant le peu d'années qu'ils vécurent ensemble.

Leur maison fut néanmoins toujours ouverte aux personnes qualifiées qui voulurent les rechercher, et de ce nombre furent tous les hommes de mérite attachés à la cour, et particulièrement M. le duc de Nivernois, et aussi quelques dames.

Depuis son veuvage, madame de Bonneval a fixé ici son séjour; elle ne va à Paris qu'après Noël, et revient la première semaine après Pâques; souvent même on l'a vue revenir passer ici le carnaval et une partie du carême. Elle y vit avec l'aisance que lui permet sa fortune, même avec une sorte de magnificence qu'elle ne place pas à recevoir avec faste ceux qui viennent partager sa solitude, mais à répandre ses bienfaits sur tout ce qui l'entoure , et cette manière de vivre est pour elle une véritable économie, qui lui sert à augmenter sa fortune réservée au seul fils qu'elle ait eu de son mariage.

Ce fils a été , avec l'agrément du roi, emmené tout jeune en Espagne , par un parent de madame de Bonneval. Cet oncle , resté seul d'une branche cadette de la famille de cette dame , jouit à la cour de Madrid de la plus haute faveur; et se trouvant sans héritier , il a adoppé le jeune de Bonneval , qui , à peine âgé de quatorze ans , se voit, par la fortune réunie de son oncle et de sa mère , en droit de prétendre aux plus grandes alliances, et à succéder aux titres et charges de son oncle. Sa mère , en se prêtant à cet éloignement, a bien senti qu'elle se privait pour toujours des caresses de son fils , mais elle a sans doute cru

devoir sacrifier sa satisfaction à l'élé-
vation de cet enfant , et au bonheur de
le voir dans un rang au moins égal à
celui de ses dédaigneuses parentes.

Telle est la dame que vous verrez
demain. Je lui dois, en mon particu-
lier , tout le bonheur dont je jouis.
Vous voyez que ce n'est pas sans
motifs que je désire vous procurer sa
bienveillance.

La bonne Colette , qui revenait de
sa course au château , s'étant fait entendre au moment où son mari finissait l histoire abrégée de madame de
Bonneval , M. Pierre n'eut que le
temps de le remercier de l'intérêt
qu'ils lui témoignait.

Comme il était tard , que ce dîner
pouvait, en conscience , être compté
pour un souper, il ne fut plus question que d'aller coucher. Les deux
voyageurs furent conduits à leur cham-

bre, où on leur avait dressé un bon
lit, et le papa se trouva de si bonne
humeur, qu'il en oublia le *castigat
ridendo mores.* Faisons des vœux
pour que le pauvre Jules ne l'en fasse
pas souvenir par quelque nouvelle
étourderie.

CHAPITRE VII.

Visite au château. Ce qu'il en advient.

LE matin, après un léger déjeûner,
le soleil annonçant déjà un des plus
beaux jours, on s'achemina vers le
château. Marguerite, portant le magasin de nos deux négociants, avait en
tête son cher Jules, et en queue les
deux pères, s'entretenant des beautés
de la nature et des bienfaits qu'allait
produire l'abondante pluie de la veille.

Arrivés au château , M. Michel, y ayant les entrées libres , parvint sans obstacle auprès de madame de Bon- neval , qui venait de prendre son café dans un cabinet ayant ouverture sur une terrasse garnie de fleurs.

Madame , lui dit Michel , voici un honnête homme qui a hier sauvé la vie à votre bien-aimée Colette et à votre filleule ; j'ai cru ne pouvoir mieux lui témoigner ma reconnais- sance , qu'en prenant la liberté de vous le présenter , et de vous prier de vouloir bien faire valoir son petit commerce.

— C'est très-bien fait , brave Mi- chel , je ne lui ai pas moins d'obli- gation que vous , puisqu'il m'a con- servé deux personnes que j'affectionne. Mais dites-moi ce qui était arrivé à ma chère Colette.

Michel lui ayant raconté briève-

ment ce qu'elle savait déjà , elle
loua autant qu'il convenait la conduite
de M. Pierre , et ajouta que c'était
lui rendre service , que de lui avoir
amené un marchand ; qu'elle manquait d'une infinité de choses , et
qu'elle serait bien contente s'il pouvait les lui fournir.

— Puisqu'il est ainsi , madame , je
vais retourner à mon travail , et vous
remercier de vos bontés , si vous n'a-
vez point d'ordres à me donner.

— Point d'autres , que de vous bien
porter , M. Michel.

— Sans adieu, M. Pierre ; car j'espère que vous ne nous quitterez pas
sans revenir à la maison.

— Soyez sûr que j'irai vous remercier , et vous faire mes adieux.

M. Pierre , resté chez madame de
Bonneval , introduisit auprès d'elle ,
à l'aide de son fils , les deux paniers

de Marguerite , et présenta à cette dame les linons qu'il avait rapportés de Flandres : c'était la mode alors. Cette dame en acheta beaucoup , peut-être plus qu'elle n'en avait besoin ; mais ce qui lui fit le plus de plaisir , furent le fils assortis et de toutes espèces , dont elle se munit.

Auriez-vous , demanda-t-elle ensuite , de bons ciseaux ? Je n'en ai pas une paire qui vaille.

— Madame , j'en ai rapporté de Lille quelques-uns qui sont véritablement anglais. Jules , faites-les voir à Madame.

Jules , le trop empressé Jules , en porta la boîte à madame de Bonneval , et , tandis qu'elle les regardait, il lui en fit remarquer une paire ciselée et damasquinée, d'un joli travail , en lui disant : Prenez ceux-ci , madame, ils sont tous pareils à ceux de maman.

Aussitôt, son père vint prendre sa place, en lui disant : Apprenez, étourdi, à ne point vanter maladroitement votre marchandise : la louange du marchand lui ôte de son prix.

Certainement une comparaison n'était pas une louange, et la semonce qu'il faisait, n'était propre qu'à donner de l'importance à cette comparaison, et à faire remarquer qu'elle lui déplaisait ; aussi, madame de Bonneval en eût-elle tiré la conséquence naturelle qu'elle présentait, quand même elle n'eût pas été prévenue par sa Colette. Presque certaine que M. Pierre n'était pas ce qu'il paraissait, elle ne chercha plus qu'à en acquérir la conviction.

Pourquoi gronder cet enfant, il a eu raison de me faire remarquer ces ciseaux , qui sont en effet les plus jolis , et , puisqu'ils lui plaisent , je vais les prendre ; mais je veux terminer ce marché avec lui. Tenez ; mon petit ami , voilà un louis.

— Je vais , madame , vous rendre six francs.

— Non. Le surplus est pour vous acheter des boubons ; vous êtes encore d'âge à les aimer.

— Madame , je vous remercie , mais mon Papa n'approuverait pas que.....

— Si monsieur ; on peut à votre âge recevoir ce qu'une dame comme madame a la bonté de vous donner.

Le pauvre Jules , tout déconcerté , mit le louis d'or à sa poche , sans oser se permettre de remercier que par une respectueuse inclination.

Monsieur , reprit madame de Bonneval , j'ai trouvé dans votre petit

I.   8

magasin beaucoup de choses qui me
convenaient , mais il y en a une bien
plus grande quantité que je désire ,
et que vous pourriez me procurer , si
vous alliez du côté de Paris.

— J'y vais directement , madame ,
et sans m'arrêter , car je crains que
ma femme ne s'y trouve sans logement , à l'époque très-prochaine de
quitter celui que nous avions , et dont
nous avons donné le congé.

— Est-ce qu'elle n'a pu en trouver
un autre sans vous ?

— Elle en aurait trouvé , madame ,
si mon intention n'eût pas été de la
loger dans les environs de Paris , ou
tout au plus dans un faubourg , un tel
logement étant plus convenable à ma
profession.

— Il n'y a donc pas long-temps que
vous êtes ambulant ?

— Je viens de faire ma première tournée.

— Si votre intention est de chercher l'économie, ce n'est point aux environs de Paris que vous la trouverez ; tout y est plus cher, et on y est privé de tout ce qu'à la ville on trouvait sous sa main. Si vous prenez le parti de choisir la campagne, il faut le prendre tout-à-fait : vous devriez en parler à Michel.

— Il m'a fait, madame, la proposition de demeurer chez lui.

— Elle n'est pas à dédaigner ; vous ne trouverez nulle part de plus honnêtes gens.

— Si je n'avais pas accepté ses offres, vos conseils, madame, achèveraient de me déterminer. Ma seule crainte est que ma femme n'ait pris quelque engagement : c'est pour cela que j'ai impatience d'arriver.

— Tout cela peut s'arranger. Si vous voulez vous charger de mes commissions à Paris, je vous procurerai le moyen d'y arriver aujourd'hui.

— Madame, indépendamment de mon arrivée plus ou moins prompte, je serais toujours à vos ordres.

— Je vais vous faire la note des soies à tapisseries et autres objets dont j'ai besoin.

— Si vous voulez dicter, Madame, je vous éviterai la peine d'écrire ?

— Avec plaisir.

Cette note faite, il la présenta à madame de Bonneval, qui, en la voyant, aurait pu juger, d'après sa netteté et son exactitude, que le père n'avait pas moins que le fils des inattentions sur le secret qu'il voulait garder ; mais ces distractions servant ses vues, elle se borna à lui dire :

Puisque vous êtes si soigneux, je vois que vous pourrez me rendre un autre service. Ce serait de m'acheter les livres nouveaux annoncés dans l'esprit des journaux auquel je suis abonnée. La note est toute faite, la voici : je l'ai prise à mesure que les titres ont intéressé ma curiositée. Vous y joindrez tous les ouvrages nouveaux en morale, littérature et pièces nouvelles.

— Je ferai, Madame, le meilleur choix possible. J'ai eu des relations assez suivies avec plusieurs libraires, et j'espère remplir vos intentions.

— J'en suis persuadée, mais comme tout cela formera un objet assez considérable, voilà un billet de caisse de cinq cents livres.

— J'ai des fonds suffisamment. Il

8*

sera temps de me rembourser à mon retour.

—Non. Je ne veux'pas que mes affaires gênent les vôtres, en nuisant à vos emplètes ordinaires; nous compterons quand vous serez revenu

— Mais, Madame, je n'ai pas l'honneur d'être assez connu de vous ; il ne serait pas juste....

— Puisque vous ne voulez pas que je me fie à vous, je vais prendre mes sûretés, et je crois que cet arrangement convient à vos affaires. La voiture que je vous procure est un cabriolet et un cheval ; elle serait trop pleine en revenant, si vous emmeniez votre fils; laissez-le ici, il pourra vendre dans les environs, et vos affaires ne souffriront pas de votre absence.

— Je laisserai's bien volontiers Jules chez M. Michel, mais je n'oserais

encore l'exposer seul sur les chemins ;
il pourrait y être rencontré par de
mauvais sujets , et il y a des objets ,
tels que ceux susceptibles d'aunages ,
qu'il n'est pas encore en état de vendre seul.

— Ne lui laissez que ce qu'il peut
faire , déposez le reste chez M. Michel , et je ferai conduire cet enfant
par un domestique fidèle , qui est
convalescent d'une longue maladie ;
on lui a recommandé l'exercice , cela
lui fera du bien. Les plus longues
courses seront d'une lieue ; ils arri-
veront dans les châteaux du voisinage
avec des lettres de recommandation
que je donnerai à mon petit marchand.

— Il ne me reste plus , Madame ,
qu'à mériter vos bontés ; elles lèvent
toutes les difficultés , et c'en était
une , en effet , que le peu d'étendue de

la voiture, car nous serons trois en revenant.

— Comment, trois?

— Oui, Madame. J'aurai ma femme et mon autre fils.

— Est-ce l'aîné de celui-ci?

— Non, Madame. Il est plus jeune; il n'a pas encore six ans. C'est un franc polisson que mon fils Paul; il ne rêve que chevaux et voiture. Ce sera un digne apprenti pour M. Michel; il prendra cœur au métier.

Jules, qui sans doute était las de garder le silence, le rompit pour dire: Papa, vous serez bien quatre.

— Est-ce que vous avez quelqu'un à mener avec vous, demanda madame de Bonneval?

— Non, Madame, je ne sais ce qu'il veut dire. Quel est ce quatrième, Jules. Parlez.

— C'est Castor.

— Ha ! oui , le fidèle Castor. C'est
un chien barbet, seul reste d'un protecteur, ou plutôt d'un ami. Il s'est
attaché à moi après avoir perdu son
maître ; je me suis fait un devoir de
garder un animal qui était chéri de
mon cher bienfaiteur.

— Indépendamment de sa fidélité ,
il a sans doute les talens naturels à
son espèce ?

— Oui , Madame , et on peut l'envoyer à la chasse , il n'est pas embarrassé de rapporter un lapin ou une
perdrix.

— Mais c'est un véritable bracon-
nier , et je n'en souffre pas sur mes
terres.

— Madame , il n'y va pas qu'on ne
l'y envoie, et vous devez être bien
sûre que je ne l'y enverrai pas.

— Cependant nous essaierons ses
talens , et, pour le préserver , nous

lui mettrons un collier à mon nom ;
avec cela , il pourra courir en sûreté
à dix lieues à la ronde. Hâtez-vous
d'aller terminer vos arrangemens
chez Michel , et de ramener M. Paul
et le fidèle Castor; je donnerai des
bonbons à l'un , et je prendrai l'autre sous ma protection. Dans un quart-
d'heure on vous conduira le cabriolet ,
et on vous remettra une lettre pour le
concierge de mon hôtel à Paris; vous
y laisserez la voiture et le cheval ,
jusqu'au moment de votre retour.

M. Pierre rechargea ses paniers
sur Marguerite , et reprit le chemin
du hameau de Michel , le cœur content de l'accueil que lui avait fait madame de Bonneval , et plein de l'espoir
d'obtenir sa protection pour lui et sa
petite famille. La satisfaction qu'il
éprouvait , ne lui fit cependant pas
oublier sa rancune contre le pauvre
Jules.

J'avais oublié, lui dit-il, votre in-
conséquence d'hier, à l'occasion de
votre image d'arlequin, mais celle
que vous venez de faire chez madame
de Bonneval, me fait désespérer de
vous voir jamais prudent, et me fait
croire qu'une vanité déplacée vous
porte à rappeler des souvenirs qui ne
serviront qu'à vous faire passer pour
un orgueilleux, et qui nuiront à nos
affaires.

— Je vous assure, Papa, que rien
de semblable n'est entré dans mes
idées, et je vous prie de me par-
donner.

— Je vous pardonnerai, si dans les
courses que vous allez faire seul, pendant mon absence, il ne vous échappe
pas de nouvelles inconséquences, et
si vous n'avez pas la démangeaison de
montrer des connaissances étrangères
à celles de votre prof ssi.

— Je vous promets, Papa....

— Les faits prouveront mieux que les paroles ; je serai instruit de tout, et votre conduite vous rendra ma confiance.

Oh ! je la mériterai, Papa, mais puisque nous sommes seuls, veuillez me donner l'application de l'inscription que j'ai eu tort de vous demander hier.

L'application de cette inscription porte sur la comédie que l'on croit propre à corriger les mœurs, quoiqu'elle ne corrige tout au plus que les ridicules. Cependant elle en a une particulière à l'arlequin, mais c'est une histoire connue de tout le monde, et que vous trouverez à l'article *Santeuil* ou à l'article *Dominique*, dans un recueil qu'on appelle : *Dictionnaire des Grands-Hommes*, quoiqu'il y en ait une infinité de petits.

— Pourquoi, Papa, n'achevez-vous
pas de me donner cette application ?
Je n'ai pas ce dictionnaire, je ne l'aurai peut-être pas de long-temps.

— En ce cas, votre curiosité sera
suspendue : il n'y a pas de mal que
vous soyez puni par quelque chose.

Comme il finissait ces mots, ils se
trouvèrent à la porte de M. Michel,
qui, ainsi que la belle Colette, les
attendaient avec impatience.

CHAPITRE VIII.

Séparation. Départ de Thouars.

MONSIEUR PIERRE n'eut pas plutôt
rendu compte de l'accueil qu'il avait
reçu au château, des détails dans
lesquels était entrée madame de Bonneval, et des dispositions qu'elle avait
faites, que le bon Michel le conduisit

I. 9

à ce qu'il appelait son atelier intérieur, pour y déposer dans une armoire ce qu'il n'osait encore confier
à l'inexpérience de Jules ; ce qui fut
bientôt fait , et , tandis qu'il le faisait,
il remarqua dans l'atelier de M. Michel , ou plutôt dans son cabinet ,
des instrumens de mathématiques et
d'astronomie , un globe terrestre , une
sphère , des cartes maritimes , des
dessins de trains de voiture du meilleur goût , avec leurs échelles de proportion ; enfin des livres choisis , mais
en petit nombre. Un Plutarque ouvert
sur un espèce de pupître ; enfin un
violon , une flûte et une basse. Il ne
put s'empêcher de dire à son hôte qu'il
ne s'était pas borné à cultiver les arts
mécaniques.

— J'en conviens ; et vous conviendrez aussi , M. Pierre , que vos connaissances ne se bornent pas à l'ari-

thmétique et à courir les grands chemins. Mais, avant de nous faire ces
aveux, il faut vous occuper des moyens
de nous réunir, et, pour cela, il ne
faut songer qu'à votre départ : soyez
tranquille sur votre fils, j'en aurai
soin comme s'il était le mien. Descendons ; venez prendre quelque
chose avant de partir. La voiture que
vous envoie madame de Bonneval est
déjà dans ma cour.

Ils descendirent. M. Pierre ne voulut prendre qu'un verre de vin; il
recommanda à son fils de respecter
M. Michel et son épouse, et de leur
obéir comme à lui-même. Il lui donna
sa bénédiction, embrassa ses deux
nouveaux amis, prit des mains du
domestique la lettre que lui avait an-
noncée madame de Bonneval, monta
en voiture, et partit le cœur remplit
des plus douces espérances, et de la

satisfaction de les faire bientôt partager à son épouse.

L'impatience qu'il avoit d'arriver fut merveileusement secondée par le cheval qu'on lui avoit confié. Il avait fait cinq lieues en deux heures et demie; c'était la moitié de la course. Il fit une pause pour dîner et rafraîchir ce brave coursier, et quelques minutes avant huit heures du soir, il revit son foyer.

Quoique madame Pierre s'attendit à chaque instant à voir arriver son mari, elle n'en fut pas moins sensible au plaisir de le revoir; mais sa joie faillit se changer en tristesse, en n'apercevant pas son cher Jules. Une courte explication l'ayant rassurrée, elle embrassa l'époux qui avoit pris pour la soustraire à l'infortune, un parti aussi courageux, et le conduisit au lit de son fils Paul, qui reposait déjà.

Pendant qu'ils prenaient ensemble un léger repas, M. Pierre, lui rendit compte des derniers événemens de son voyage et des propositions qui lui étaient faites de s'établir à Thouars.

Quelle est la femme qui, après avoir joui, à Paris, d'une fortune honnête et de la considération qu'elle procure, ne préfère pas d'aller dans un village, être au nombre des plus distinguées, au lieu de traîner à la ville une médiocrité, qui fait à chaque rencontre détourner les yeux des amies dédaigneuses, qui auparavant s'empressaient de l'accueillir? Aussi madame Pierre fut-elle extrêmement satisfaite de la retraite qui lui était offerte; et, comme elle ne s'était encore engagée pour aucun logement, elle s'applaudit de pouvoir, tout de suite, jouir d'un arrangement où elle n'aurait plus la pénible corvée des travaux grossiers du ménage. Tout autre travail étant dans la mesure de ses forces et relatif aux talens acquis dès sa jeunesse.

Il ne fut donc plus question que des mesures à prendre pour déloger promptement; ils convinrent de s'en partager les soins. Le mari se chargea de l'expédition de son mobilier, et l'épouse d'une partie des emplètes recommandées par madame de Bonneval, à laquelle ils sentaient tous deux combien il était important de devenir agréables.

Ces arrangemens étant convenus, et l'histoire ne faisant point mention de ce que firent monsieur et madame Pierre, après une si longue absence, je suis forcé de laisser croire qu'ils ne songèrent, lorsqu'ils eurent fini de souper, qu'à se reposer jusqu'au lendemain.

~~~~~~

CHAPITRE IX.

Préparatifs de voyage.

Monsieur Pierre , après avoir fait charger ses meubles et effets sur les voitures que lui avait indiqué son ami Michel , sentit avec peine la né- cessité d'aller loger à l'auberge , n'ayant plus de lit pour se coucher. Quelque désagréable que fût ce parti , il s'y détermina , ayant besoin de res- ter un jour ou deux à Paris , pour acheter les livres qu'il devait envoyer à madame de Bonneval , remplacer les marchandises qu'il avait vendues dans son voyage , et laisser à ses effets le temps d'arriver à Thouars.

Il se mit donc en train d'opérer , et lorsqu'il eut expédié pour Thouars la caisse de livres , il revit ses mar-

chands et fabricans ; dont il fut accueilli comme un homme dont le
prompt débit leur annonçait une nouvelle occasion de vendre ; mais il le
fut particulièrement par un fabricant
de bonneterie, qui lui offrit le crédit
de tous les objets qu'il voudrait prendre pour en essayer le succès.

Le prudent Pierre ne voulant pas
sortir des limites qu'il s'était im-
posées, refusa cette facilité, et le
marchand n'en prenant que plus de
confiance en lui, lui proposa de se
charger de tout ce qu'il croirait pouvoir vendre, à condition, par lui,
de reprendre tout ce qui serait in-
vendu.

Cette proposition n'ayant rien de
hasardeux pour M. Pierre, et annonçant une confiance qui méritait la
sienne, il crut devoir faire part à cet
honnête fabricant de ses opérations

mercantiles; il lui raconta donc succinctement ce qu'il avait fait dans
son voyage, et l'établissement qu'il
allait prendre à Thouars, et enfin
l'embarras d'aller se retirer le soir
dans une auberge avec sa femme et
son fils, se trouvant naturellement
placé dans ce récit, le marchand lui
dit qu'il avait chez lui une chambre
de réserve pour *les* correspondans
qui lui venaient de la province, et
qu'elle était à son service, ainsi que
sa table, pour tout le temps qu'il res-
terait à Paris, qu'il serait charmé de
lui voir accepter pour lui, son épouse
et son fils ce témoignage d'amitié,
se sentant porté d'inclination à l'o-
bliger et à contribuer au succès de ses
affaires.

Il n'y avait pas moyen de refuser
une offre si cordiale. M. Pierre en
profita pour finir ses affaires à Paris,

et y jouir encore , avant de le quitter , du plaisir de conduire son épouse aux Français et à l'Opéra. Ils avaient conservé avec eux des vêtemens ; ils reprirent donc incognito le ton de l'aisance , et oublièrent un moment leur infortune.

Tandis que ce confiant à la douce sécurité que leur inspire l'avenir , ils se permettent quelques instans de distraction , voyons ce que fait le petit marchand resté à Thouars chez M Michel.

CHAPITRE X.

Jules faisant ses premieres caravanes.

Des le lendemain du départ de M. Pierre pour Paris ; madame de Bonneval envoya chercher Jules et sa

Marguerite pour les mettre tous deux, comme elle l'avait promis, sous la surveillance d'un domestique prudent.

Après avoir recommandé ę Jules d'être bien sage , et de remplir exactement les intentions de son père, elle lui donna plusieurs petites lettres qui devaient le faire recevoir dans tous les châteaux des environs où il se présenterait , et lui ménager un accueil favorable ; elle termina par l'assurer de l'intérêt qu'elle prenait à lui , et le congédia sans lui faire aucune question.

Cette réserve ne fut pas imitée par les dames et demoiselles à qui Jules fut proposer ses petites marchandises. La recommandation de madame de Bonneval, les manières polies du petit marchand excitèrent la plus vive curiosité , et l'exposèrent à une multi-

tude de questions dont il ne se tira
que par des réticences, ou un silence
qui ne fit qu'augmenter le désir de
pénétrer cet espèce de mystère. Chacune lui fit promettre de revenir avec
son Papa ; et, pour l'y engager, on
lui prodigua les bonbons, les fruits
et les confitures. Je dois à la vérité
l'aveu qu'il ne put résister à ces offres
séduisantes à son âge, et qu'il rentrait chez M. Michel sans appétit pour
les alimens plus solides qu'il y trouvait.

Deux jours lui ayant suffi pour
épuiser ce qui lui restait d'épingles,
rubans, lacets, fils et aiguilles, tout
ayant été acheté avec empressement,
et payé sans marchander, il se trouva
réduit à rester au logis, où il se ren-
dait utile auprès de madame Michel,
en portant dans ses bras la petite
Cécile qu'elle lui recommandait

comme sa petite femme, et dont les innocentes caresses semblaient le payer de ses soins et approuver le vœu de sa tendre mère.

Cependant, Jules s'inquiétait déjà de l'absence de son père, et son impatience n'avait été calmée qu'en voyant arriver le soir du second jour les meubles qu'il avait reconnus, et que M. Michel avait déjà fait placer dans le petit appartement destiné à son ami.

On était au commencement du quatrième jour; une secrète joie semblait annoncer à Jules qu'il allait se revoir dans les bras de sa famille; il l'avait dit à madame Michel qui, l'espérant comme lui, s'était précautionnée pour en faire un jour de fête. Nous verrons, dans le chapitre suivant, si leurs pressentimens étaient fondés.

I.   10

~~~~~~

CHAPITRE XI.

Retour de M. Pierre avec sa famille.

MONSIEUR PIERRE, qui avait terminé ses emplètes, et fait ses adieux à M. Verdier (c'est ainsi que se nommait l'ami qui lui avait donné l'hospitalité), était parti de Paris dès trois heures du matin, pour arriver, sans fatiguer son cheval, vers midi chez son ami Michel.

L'impatient Jules, guidé par un mouvement sympathique, était venu à sa rencontre. Monté à poil comme un cavalier numide sur la bonne Marguerite, et sans autre frein qu'un licol, il avançait au grand trot de sa monture; mais dès qu'il aperçut le cabriolet, et qu'il eut reconnu sa

mère et son frère , deux coups de ta-
lon firent prendre le galop à son paisible coursier, qui semblait partager
les sentimens de son jeune maître , et
tous deux se seraient embarrassés sous
la voiture , si le père , plus prudent ,
n'eût arrêté.

Descendre , se précipiter dans les
bras les uns des autres, former un
groube dont le fond était la campagne
parée de ses plus riches présens , tel
est le tableau qu'offrait cette intéressante famille. Le gazon qui bordait
la route fut arrosé de quelques larmes ; la joie les avait fait répandre ,
et on eût pu les prendre pour des
perles de la rosée que l'ardeur du soleil avait épargnées.

Cette scène attendrissante n'eut
pour témoin que le Papa , qui avait
été forcé de rester à garder son cheval,
qu'il ne connaissait pas assez pour

l'abandonner à lui-même, comme
Jules avait fait de Marguerite, qui
était trop attachée à son maître pour
s'en aller seule.

Lorsque les premiers élans de tendresse furent calmés, chacun reprit
sa place, non sans difficulté de la
part de Paul, qui voulait à toute force
aller à cheval avec son frère. Lorsqu'enfin il eut cédé à la raison, ou
plutôt aux caresses de sa mère, on se
remit en marche, et, en moins d'une
demi-heure, ils aperçurent le toit
hospitalier où ils étaient attendus.

A peine entrés dans la cour, la
grosse Marie-Jeanne approcha une
chaise pour faire descendre plus facilement madame Pierre.

L'aimable Colette la reçut et la
serra dans un de ses bras, tandis que
de l'autre elle soutenait sa fille qu'elle
lui présenta. Ces deux femmes, que

la nature avait formées l'une pour
l'autre, se virent comme deux sœurs
qu'un heureux destin réunissait après
une longue absence ; et M. Michel,
qui au bruit de la voiture était sorti
de son atelier, vint, sans détour et
sans préambule, embrasser la femme
de son ami. Après cet abord franc,
il lui dit : Tous nos vœux, Madame,
seront comblés si nous sommes assez
heureux pour vous ôter tout regret
du séjour de la ville, et si nous obte-
nons votre amitié en retour de la
nôtre.

Madame Pierre répondit avec sensibilité à ce vœu de l'estimable Michel,
qui déjà voulait cimenter la connaissance le verre à la main ; mais les
femmes ont, même aux champs, le
tact plus délicat, et connaissent mieux
ce qui convient à leur sexe. La sienne
lui fit observer qu'une dame, partie

dès la pointe du jour , avait plus besoin de tranquillité et de solitude que
de rafraîchissement ; que d'ailleurs
le dîner ne serait prêt que dans deux
heures , et qu'il fallait les laisser à ses
amis , pour leur donner le temps de
se reposer et de s'arranger chez eux ,
où elles les conduisit sur-le-champ ,
après être tous convenus de se réunir
à table. M. Michel l'approuva et se
chargea de reconduire le cabriolet au
château.

Madame Pierre fut extrêmement
sensible à cette attention de sa nouvelle amie ; elle en profita pour mettre un peu d'ordre dans ses effets , et
préparer pour le soir les moyens de se
reposer. Ce soin rempli , elle examina
plus tranquillement l'étendue de son
nouveau logis ; elle fut enchantée de
sa situation , des diverses commodités
qu'il renfermait , plus particulière-

ment de la vue , qui présentait les sîtes les plus pittoresques , et offrait , au milieu de la solitude , les scènes variées et animées par les travaux champêtres et les bestiaux répandus dans la campagne.

Le passage d'une vie pénible à une situation tranquille , et qui paraissait devoir être à l'abri des revers , lui fit porter un regard de reconnaissance vers son mari , qui , satisfait de la disposition où il la voyait , lui dit qu'il fallait en remercier la Providence , qui semblait l'avoir conduit comme par la main dans cet asyle. Pendant qu'ils s'en applaudissaient , Jules et Paul , qui depuis long-temps étaient descendus , remontèrent précipitamment les avertir que le dîner était prêt , et que M. Michel venait les chercher.

Depuis Homère , il y a peu d'auteurs qui aient manqué l'occasion de parler

d'un bon repas ; je ne parlerai cependant de celui-ci , que pour dire qu'il
fut constamment animé par la joie et
par les plus douces effusions de la bienveillance et de l'amitié. Je ferai aussi
remarquer que Paul , dont la physionomie ouverte et l'air décidé avait
fait la conquête de M. Michel , semblait avoir oublié sa pétulance ordinaire auprès de la petite Cécile , et
qu'après l'avoir caressée et constamment regardée tant qu'elle fut éveil-
lée , il quitta plusieurs fois la table
pour aller la considérer dans son
berceau.

Le cœur aurait-il un instinct pré-
maturé ! C'est ce que la suite des événemens me porte à croire , et sur quoi
le lecteur pourra prononcer s'il est
curieux de les connaitre. Quoi qu'il
en soit , chacun remarqua cette conduite singulière dans un enfant de six

ans, mais sans en tirer aucune conséquence ; on rappela au contraire le
service rendu par Jules, et l'on ne se
sépara qu'en formant réciproquement
le vœu de réaliser un jour l'espèce
d'horoscope prononcé par madame
Michel.

CHAPITRE XII.

Entretien de M. Pierre avec ma-dame de Bonneval.

LE premier soin que M. Pierre crut
devoir prendre, fut d'aller remercier
madame de Bonneval, et lui remettre les emplètes dont elle l'avait
chargé.

Cette dame lui ayant témoigné combien elle en était satisfaite, il lui en
remit les comptes quittancés par chacun des marchands ; celui qui la

frappa le premier, fut celui du libraire, dont les livres lui étaient déjà
parvenus : elle y vit avec surprise une
réduction considérable. Que signifie
cette diminution, demanda-t-elle à M.
Pierre ? Je ne sais ce que je dois.

— C'est la plus petite somme, Madame ; cette réduction est celle que
les libraires se font entre eux, ou
lorsqu'ils vendent à des colporteurs.
Je n'ai payé que la dernière somme,
je ne peux vous en demander davantage.

— Je n'entends pas cela ; en voilà
sur les autres mémoires aussi ; ces ré-
ductions doivent être votre bénéfice,
et ne peuvent me regarder.

— Je n'ai été, Madame, sur ces
objets que votre commissionnaire, il
ne m'est rien dû ; je suis trop heureux
d'avoir pu vous être utile.

— Et moi, je vous assure que vous

ne le serez plus , si vous ne gardez
pour vous ces bénéfices qui vous appartiennent ; je suis bien assez satisfaite d'avoir tout ce que je souhaitais
et parfaitement choisi.

M. Pierre , persistant à s'en défendre en s'appuyant des meilleures
raisons possibles , madame de Bonneval , touchée de son désintéresse-
ment , et ne voulant pas le mortifier ,
lui proposa de partager , ce à quoi
il consentit enfin , et cette dame reprit ce qui lui revenait sur son billet
de cinq cents livres.

Quoique je sois fâchée contre vous ,
M. Pierre , continua-t-elle , je n'é-
tendrai pas ma rancune sur votre
petite famille ; donnez m'en donc des
nouvelles. Avez-vous fait un heureux
voyage ? Etes-vous content du parti
que vous avez pris de venir demeurer ici.

Il serait impossible, Madame, de ne pas l'être, en y venant sous vos auspices, et chez d'aussi bonnes gens que Michel et son épouse. Quant à ma petite famille, je l'ai laissée en bonne santé, et je comptais bien, Madame, vous prier de permettre qu'elle vint vous présenter son hommage et ses remercimens.

Je n'ai encore rien fait pour elle ; mais je la recevrai avec plaisir ; je souhaite seulement que ce ne soit que dans trois jours, sans compter celui-ci, parce qu'alors je serai débarrassée de quelques affaires qui demandent toute mon attention.

Le délai que madame de Bonneval demandait, n'était qu'un prétexte pour se donner le temps de voir M. Michel, de connaître, par lui, si l'épouse de M. Pierre, répondait à la bonne opinion qu'on devait en con-

cevoir, en la jugeant d'après son mari,
et régler en conséquence l'accueil
qu'elle ferait, et la conduite qu'elle
tiendrait envers cette famille, pour
qui elle se sentait les plus favorables
dispositions.

M. Pierre lui ayant répondu, qu'il
attendait ses ordres, se retira et
revint à son logis, dans l'intention
de reprendre le plutôt possible ses
courses mercantiles avec son fils aîné.
Il en fit part, en conséquence, à son
ami Michel ; mais celui-ci, qui avait
en tête un projet bien différent pour le
moment, s'y opposa et lui demanda
le sacrifice de quelques jours, pour
l'aider dans une affaire qu'il avait à
cœur, et dans lequelle il prétendait
que les avis de son ami Pierre lui seraient fort utiles.

On saura qu'elle était cette affaire,
en se rappelant le train d'une calèche

I.   11

que M. Pierre avait admiré , et que cette calèche devait être donnée à madame de Bonneval le jour de sa fête , qui se trouvait à la fin de la semaine suivante.

L'époque approchant , il s'agissait d'aller chercher , dans un bourg voisin et situé au bord de la rivière , les ressorts et la caisse qui y étaient arrivés de Paris , accompagnés d'un habile serrurier et d'un peintre , pour terminer , avec leur aide , cet ouvrage intéressant.

Comme il ne fallait point qu'on vit cette caisse , quoiqu'elle fût déjà recouverte d'une toile , M. Michel voulait rentrer de nuit , et son ami Pierre devenait , dans cette circonstance , un prétexte , pour que l'on crut qu'il allait avec lui sur son grand charriot, chercher le reste de ses meubles. Les deux amis convinrent donc de partir

le lendemain de bonne heure et d'em-
mener avec eux les enfans, pour que
ce serait une promenade et une partie de plaisir.

Cette résolution prise, chacun fut
s'occuper de ses affaires ; mais M. Michel en fut bientôt détourné par un
message de madame de Bonneval,
qui le mandait au château.

CHAPITRE XIII.

*Où il n'est question que de madame
Pierre.*

Je n'ai, mon cher   ichel, rien à faire
à mes équipages, lui dit madame de
Bonneval, dès qu'il fut arrivé près
d'elle, ce n'est pour cette fois qu'un
prétexte que j'ai pris, pour m'entretenir avec vous de vos amis. Vous
avez vu toute la famille, et je dési-

rerais savoir quel jugement vous avez
porté de l'épouse de notre marchand
de fraîche date et qu'elle impression
elle vous à faite ; je m'en rapporte à
votre expérience , pour fixer d'avance
l'opinion que j'en dois prendre.

— Vous faites , Madame , à mon
expérience plus d'honneur qu'elle n'en
mérite ; elle n'est , vous le savez , que
celle d'un marin plus occupé de voya-
ges que des dames ; je la crois pourtant suffisante , dans cette circonstance , pour vous assurer qu'on ne
peut rien concevoir que de favorable
de la femme de mon ami : son personnel est vraiment intéressant. Sans
être grande , elle est beaucoup au-
dessus de la petite taille ; elle a un
embonpoint suffisant , une fraîcheur
qui annonce le repos de l'âme , son
teint , très-blanc , est naturellement pâle ; mais cette pâleur tient

à sa constitution , et, loin de lui ôter l'air de la santé , elle semble ajouter à l'expression de ses yeux , qui sont bruns ainsi que ses cheveux. L'ensemble de sa figure est charmant , sans être régulier, et , si elle était aussi jeune que ma Colette , on serait embarrassé du choix , qui , dans l'état actuel , serait encore déterminé par la pureté du langage et les manières qu'on n'acquiert qu'à la ville.

— Je ne vous savais pas, M. Michel, ce talent pour les portraits , et si je vous connaisais moins, je pourrais le croire flatté : mais passons au moral.

— Le premier moyen que j'ai eu d'en juger, Madame, a été l'instant de son arrivée. Reçue dans les bras de ma femme, elle a répondu à cet accueil avec sensibilité, et ses yeux, tous ses traits semblaient dire : Voilà

11*

un cœur qui m'entendra, qui répondra
au mien, et qui m'aimera indépendamment de mon rang dans la société
et de l'état de ma fortune ; aussi, se
sontelles vues comme deux amies qui
se connaissaient depuis long-temps,
et qui se retrouvaient avec plaisir.

La simplicité des vêtemens de madame Pierre, m'a aussi démontré
qu'elle était résignée à son sort, et
que, sans affectation, elle avoit pris
l'extérieur convenable à sa situation ;
mais cette simplicité n'empêche pas
d'apercevoir en elle une éducation
soignée et des manières qui, s'il en
restait quelque doute, auraient appris
que cette famille était victime de
quelque grand malheur. Enfin, ce qui
semble, pour le peu de temps que je
vois cette dame, d voir fixer mon
opinion, c'est que dè le lendemain
de son arrivée, elle s'était déjà ar-

rangée avec Colette pour se charger
de l'entretien du linge et du soin de
veiller, en son absence, au détail du
ménage, et à ce que tous ses ordres
fussent exécutés pour nos repas et
pour la propreté de la maison. Tout
cela s'est fait si naturellement, que
déjà sa physionomie a repris l'expression de la gaieté, qui semble être le
fonds de son caractère, d'où je me
crois en droit de conclure qu'elle était
plutôt fatiguée de sa situation qu'hu-
miliée, et qu'au contraire son mari
n'en est qu'humilié.

— Pourquoi le serait-il ? Le malheur n'a rien d'humiliant.

— Sans doute, Madame, mais je
soupçonne qu'un excès de délicatesse
le porte a se regarder comme coupa-
ble envers sa femme et ses enfans, de
ne plus leur procurer la même somme
d'aisance et de bonheur : ce sentiment

pénible s'aperçoit sur ses traits et dans toutesses actions.

— S'il n'a réellement point de torts à se reprocher, comme j'ai quelque raison de le soupçonner; ce sentiment est une faiblesse ; il ne doit voir que le courage de sa femme, et lui laisser le mérite de savoir partager son sort.

— J'espère bien, madame, réussir a le guérir; mais oserai-je vous demander s'il vous serait parvenu quelques renseignemens sur son compte ?

— Aucun. Cependant je crois le connaître. J'ai un souvenir confus de m'être trouvé avec lui , et c'est ce que j'espère découvrir en obtenant sa confiance. En attendant, je suis charmée de tout ce que vous venez de me dire de sa femme; cela me fournit un nouveau moyen de leur être utile, et peut-être que dès demain je vous ferai dire qu'ils peuvent venir me voir.

— Veuillez , madame , différer d'un jour, je dois demain aller voir des bois sur pied ; j'ai engagé M. Pierre à venir avec moi, parce que si j'en fais l'acquisition , il m'aidera à établir les conditions du marché. Nous emmenons avec nous ses enfans, qui se font une fête de voyager dans mon grand charriot.

— Cela est très-bien , M. Michel , et ne dérange rien à mes projets. Ne parlez à personne, pas même à ma Colette , de mes soupçons sur votre ami; allez le retrouver , je ne vous le recommande pas , car je vois que lui et sa famille ont trouvé le chemin de votre cœur.

— Je l'avoue, madame ; il n'y a pas jusqu'à son plus jeune fils qui ne soit parvenu à m'intéresser vivement. Cet

enfant, qui est beau comme un ange;
est d'une vivacité, d'une franchise qui
me convient particulièrement, et j'en
ferai, j'espère, un habile charron, si
son père le laisse à ma disposition.

C'est sûrement à sa mère qu'il ressemble, dit en souriant madame de
Bonneval ?

— Oui, Madame.

— En vérité, je tremblerais pour
ma Colette, si vous étiez plus jeune.

— Vous ne me feriez pas l'injustice de le croire, madame, n'eussé-
je que vingt-cinq ans ; et vous serez
convaincue, lorsque vous aurez vu
la femme de mon ami, que je suis
resté au-dessous de ce qu'elle mérite.

CHAPITRE XIV.

Madame Pierre reçoit une visite tres-inattendue. Confidences qui s'en suivent.

Les deux pères étaient partis dès le matin avec les enfans; Colette était sortie ; madame Pierre était à sa chambre ; la grosse Marie-Jeanne était seule à la cuisine, lorsqu'il y entra une dame suivie d'un domestique qui portait un panier.

Ah ! bonne Sainte-Vierge, s'écriait Marie-Jeanne ? C'est madame..... lorsqu'un signe de cette dame lui coupa la parole. Parle bas , lui dit-elle ; j'ai mes raisons pour cela. Puis ayant dit au domestique de laisser son panier et de s'en aller , elle demande à Marie-Jeanne où était sa maîtresse.

— Elle est allée visiter les faneurs pour faire rentrer le foin.

— N'y a-t-il pas ici une dame nouvellement arrivée ?

— Oui, madame, elle est là haut dans sa chambre.

— Je vais aller auprès d'elle attendre Colette ; quand elle sera revenue, tu lui diras que je suis en haut.

— Voulez-vous, Madame, que j'aille prévenir cette dame ?

— Non. Je veux me présenter moi-même ; tais-toi, et reste-là.

La dame étant montée, trouva madame Pierre rangeant des robes dans une armoire ; celle-ci, s'étant tournée au bruit qu'avait fait la porte, et apercevant une dame dont l'air distingué était encore relevé par une élégante simplicité, s'avança vers elle, en lui demandant ce qui lui procurait l'honneur de la voir.

— Je venais, Madame, voir ma voisine Colette, dans l'intention de me faire présenter par elle auprès de vous ; ne l'ayant pas trouvée, j'ai hasardé de me présenter seule.

— Vous ne hasarderez jamais rien Madame, en vous présentant seule, mais moi, étrangère ici, dans une position de fortune qui me fait chercher à être ignorée, je ne pourrai éprouver que du regret de vous avoir vue, et de ne pouvoir profiter de l'honneur que vous voulez bien me faire.

—Ce motif, Madame, pourrait être important à Paris, mais au village, j'entends ceux qui, comme moi, y sont fixés, prisent les personnes pour ce qu'elles valent et non pour ce qu'elles sont, et je vous assure que le bon cœur de Colette me convient mieux que l'esprit de toutes les visites qui me viennent de la ville, encore

I   12

moins celuides bourgeois qui viennent ici pour respirer un jour ou deux l'air de la campagne; je n'en vois aucun.

— Madame, demeure donc à Touars?

—Oui, Madame, et lorsqu'il m'arrive de le quitter, ce n'est que pour peu de temps; mais vous faisiez quelque chose; faites-moi le plaisir de continuer.

— Ce que je faisais, Madame, n'a rien de pressant; et je voudrais avoir une occupation plus importante à vous sacrifier.

— Voila justement ce qui me désobligerait; les affaires de femmes sont un amusement pour toutes, veuillez continuer, ou vous me feriez craindre d'être importune.

— Je serrais des vêtemens qui vont me devenir inutiles, et que je regrette bien de n'avoir pas vendus à la ville.

—Pourquoi ? Tout ce qui est blanc, particulièrement, sert à la campagne comme ailleurs, et je vois d'ici de fort belles robes.

— C'est justement parce qu'elles le sort trop, qu'elles ne me conviennent plus.

— Vous les retrouverez à l'occasion : elles sont faites avec bien du goût ; vous aviez donc une ouvrière en réputation.

— Non, Madame, je les ai toutes faites moi-même.

— Je donnerais beaucoup pour en avoir d'aussi bien faites.

— Madame, c'est un service que je me plairais à vous rendre.

— Oh ! ce serait une indiscrétion ; mais si vous vouliez me montrer et à une femme assez adroite, qui m'est attachée, j'accepterais avec beaucoup de reconnaissance.

— Soyez sûre, Madame , que ce sera pour moi un plaisir.

— Permettez-moi une question : Personne ne vous a vu cette garde-robe.

— Ici, Madame personne ne la vue que vous.

— Vous êtes d'une taille qui diffère peu de la mienne ; et si vous persistiez dans le dessein de vous défaire de quelques objets , ne vous adressez , je vous prie: à personne qu'à moi , je es prendrai au prix qu'ils vous coû-tent.

— Ce serait trop.

— Cela ne serait trop que justes.

— Est-ce, par exemple , que vous ne garderiez pas ces robes unies ; mais très-simples ?

— Oui , Madame particulièrement celle-ci , pour me présenter à la dame de ce lieu , à qui sans en être connue ,

je dois déjà de la reconnaissance ;
mais cette visite m'embarrasse et
m'inquiète.

— Pourquoi? Madame de Bonneval
est le l'abord de plus facile, et je
je pourrais ici, à juste titre, vous
rendre ce que vous avez bien voulu
me dire lorsque je suis entrée; car
lorsqu'on est faite comme vous, Madame, on ne peut recevoir que l'accueil le plus obligeant et le plus
sincère.

— Vous me rassurez, Madame ; e
et je le serais entièrement, si elle
vous ressemblait ; je sans que je l'aimerais, quoique je ne pusse être
traitée par elle comme une amie.

— Vous le serez, Madame, madame de Bonneval aime le mérite
et ne suit que son cœur.

Elles en étaient là, lorsqu'on entendit dans l'escalier Colette qui venait

de rentrer, et qui s'écriait à haute voix : Madame de Bonneval ! ma chère commère ! la maraine de ma Cécile ! J'y vais, j'y cours ; et elle entra comme une bombe.

Ma chère Madame, que je suis donc fâchée de vous avoir fait attendre ! heureusement que vous avez trouvé ici madame Pierre, qui est plus capable que moi de soutenir votre conversation.

— Embrasse-moi, ma chère amie, et apporte-moi ma petite filleule.

— Ah ! Madame, qu'elle surprise ! reprit madame Pierre, et que je m'en veux.....

— De n'avoir pas deviné que je voulais vous voir sans que vous fussiez contrainte par aucune convention sociale, et juger par moi-même de tout ce qu'on m'avait dit de vous ?

— Quoi donc, Madame, a pu

prendre la peine de vous prévenir
sur mon compte?

— Quelqu'un qui prend à vous
un bien vif intérêt; je doutais de la
fidélité de son portrait, et je vois
avec plaisir qu'il n'est point flatté.

— Ce ne peut être que M. Michel,
mais il nous voit tous avec l'indulgence de l'amitié.

— C'est lui en effet, et tandis qu'il
est absent, je suis venue demander
à dîner à ma bonne amie Colette ;
tu ne m'en voudras pas, ma bonne,
lui dit madame de Bonneval, d'a-
voir fait apporter mon pain et mon
vin? Je n'ai encore pu m'accoutumer à manger du pain bis ; mais
pour le surplus du dîner, je te demande des asperges et des petits
pois frais cueillis.

— Tout ce que j'aurai de meilleur,
Madame; et je ferais servir ici.

— Comme tu voudras. Mais où est donc Cécile ?

— Elle dort, Madame; elle ne sait pas encore ce qu'elle doit à sa maraine.

— Laisse-là, et ne songeons plus qu'à dîner; je veux me mêler aussi des apprêts : descendons toutes trois.

On s'imagine bien que le panier de provision de madame de Bonneval était bien garni; on en tira de bon vin, des liqueurs, du café et un beau pâté de Pithiviers. Le dîner ne fut donc pas uniquement composé de légumes et de beaux fruits; mais ce qui en fit un dîner vraiment rare, fut la réunion de trois belles femmes, qu'aucune rivalité ne pouvait diviser, que rapprochait une sympathie réciproque, et que la curiosité sur le compte de la dernière venue animait de tout le piquant de la nouveauté.

Cette curiosité fut cependant contenue jusqu'au dessert ; mais après avoir versé du vin de Madère sec, madame de Bonneval crut le moment favorable pour se satisfaire, et toucha ainsi cette corde délicate.

Que le circonspect M. Pierre réussisse sur les grands chemins à passer pour un marchand forain, qu'on le prenne pour tel lorsqu'il ne s'arrête qu'un moment, qu'il se flatte même que je ne l'aye pas deviné malgré les naïvetés échappées à son fils, je le lui passe ; mais qu'il se flatte encore que je m'y tromperai en me faisant voir sa femme, c'est ce que je ne crois pas.

— Hélas ! Madame, il est de notre intérêt qu'on le croye, et il se persuade qu'il y est parvenu ; sans aucune raison de se cacher, il serait bien mortifié d'être reconnu.

—Je crois pourtant bien le reconnaître, et son nom (car sûrement *Pierre* n'est pas le sien) m'aiderait à éclaircir mes soupçons, et bien certainement, je n'ai pas l'intention de l'affliger.

— Il est si loin de le penser, Madame, que je suis persuadée que ce n'est point avec vous ni avec les amis qui l'ont accueilli ici qu'il en voudra faire mystère, l'adversité qu'on n'a point méritée n'a rien qu'on ne puisse avouer, et comme il ne m'a rien prescrit à cet égard, je peux me permettre d'être sincère. Mon mari se nomme Duport.

—Et il était attaché à M. de Freminville.

— Oui, Madame.

— Voilà tout éclairci; je l'avais reconnu, sans pouvoir me rappeler positivement où je l'avais vu. Quant à lui ; il n'est pas étonnant qu'il n'ait conservé de moi aucun souvenir ; j'étais très-jeune, et j'ai changée depuis ; il n'a d'ailleurs pu me voir qu'une ou deux fois à dîner chez M. de Freminville qui, en sa qualité de garçon, n'avait de dames chez lui que lorsqu'il invitait en cérémonie. Mais comment se fait-il, qu'aimé et estimé de l'honnête, du bon Freminville, M. Duport ne se soit pas trouvé à l'abri de l'infortune ?

— Nous n'avons point à nous plaindre de lui, Madame, ce que nous tenions de son amitié et de la reconnaissance qu'il croyait devoir à mon mari, égalait au moins ce que nous avions de patrimoine ; nous ne pouvons douter non plus qu'il ne nous eût fait de nouveaux avantages par son testament, mais ce testament a été soustrait. Cependant nous serions restés avec une aisance bien suffisante , si mon mari, peu de temps avant la mort de M. de Freminville , n'eût cautionné un receveur général des fermes , son ami de collége , homme d'une probité reconnue ; mais que des entreprises téméraires ont dérangé et réduit à fuir. Ce fatal cautionnement a causé notre ruine ; on nous a tout pris : à peine avons-nous sauvé nos vêtemens et quelqu'argent comptant.

— Cela est cruel ; mais la réputation de M. Duport , sa capacité réelle , out dû lui faire retrouver une occupation convenable ?

— Il n'a fait que d'inutiles démarches ; on ne retrouve guères d'homm es tels que M. de Freminville ; s'il y en a , ils sont pourvus depuis long-temps du sujet qui leur convient ; les autres, entrainés par le torrent des sollicitations, accordent à l'intérêt ou à l'intri-

gue ce qu'ils promettent au mérite,
sans intention de tenir parole : c'est
ainsi que mon mari, pendant deux
ans, a été bercé d'espoirs qui ne se
sont point réalisés. Rebuté de fréquen-
ter inutilement les antichambres, e
réduit à une dernière ressource qu'il
fallait employer inutilement, ou nous
voir assaillis par tous les besoins, il
a pris, pour se soustraire à une pers-
pective affreuse, le parti que vous
connaissez.

— Il n'y a que du courage dans
cette résolution, et elle ne mérite
que des éloges. Sans doute que la Providence, qui nous dirige par des voies
particulières, a voulu le conduire ici,
et je justifierai ses dispositions autant
qu'il sera en mon pouvoir. M. de Freminville était l'ami intime de M. de
Bonneval et le mien, et je me crois
obligée d'acquitter les dettes de notre

I.   13

ami, autant que peut se le permettre une veuve douairière qui n'est que l'administratrice de la fortune de son fils. Ne cachez point, je vous prie, à M. Duport notre entretien, pour qu'il puisse quitter, avec moi, une réserve qui serait inutile et gênante pour tous deux. Mon intention n'est pas de lui faire quitter tout-à-fait l'obscurité dont il s'enveloppe, encore moins de l'éloigner de la retraite qu'il a adoptée, mais de lui procurer tous les avantages qu'on peut trouver dans une situation aussi modeste; je sais, par expérience, que c'est en descendant qu'il faut chercher le bonheur. J'ai, comme un autre, été la dupe des illusions de la grandeur, et je n'en ai pas été plutôt désabusée, que j'ai trouvé une tranquilité et une félicité que j'étais loin de croire possible.

— Ah! Madame, que ne vous de-

vrai-je pas, et comment vous témoigner ma reconnaissance ?

— En m'aimant comme vous aimez
ma Colette, et en venant souvent
partager ma solitude. Je voudrais aussi
faire connaissance avec un certain
petit espiègle dont on m'a parlé ; il re-
viendra sûrement ce soir ; je vous at-
tendrai tous deux demain pour déjeûner.

Une confidence accueillie d'une
manière aussi inattendue, ne pouvait
manquer de maintenir le reste de l'entretien sur le ton d'un épanchement
réciproque ; aussi, chacune de ces
dames parla-t-elle de sa situation à
cœur ouvert : voici comment il continua à l'égard de madame Pierre.

— Vous avez dû bien souffrir, Madame, de vous trouver tout-à-coup
exposée à une multitude de priva-
tions.

—Beaucoup moins que je n'aurais
cru, Madame; j'avais été élevée à
m'occuper, et, devenue femme; je
n'avais jamais négligé l'intérieur de
mon ménage; je n'ai réellement souf-
fert que de me trouver, sans domestique, réduite au gros travaux, qui
sont à-la-fois pénibles et dégoûtans.
Quant au monde, j'y ai renoncé sans
peine; je n'aurais pu y trouver que
les dédains qui suivent l'infortune,
et je ne me suis point exposée aux
comparaisons humiliantes. Cela m'a
éclairée tout-à-coup sur la valeur de
ce qu'on appelle société; mais j'ai eu
le chagrin de ne pouvoir persuader
mon mari de la sincérité de mes sentimens à cet égard : il m'en a toujours
crue très-affectée. Je le vois si humilié de la décadence de sa fortune, relativement à moi et à ses enfans, que
je ne puis douter qu'il ait l'injustice de

penser que je lui reproche intérieurement un événement qu'il n'a pu pré-
voir ni empêcher; cependant il a dû
voir, depuis le peu de temps que je
suis arrivée ici, que je ne regrette
rien, et que j'y ai déjà repris ma gaîté
naturelle.

A ce nouvel aveu, qui confirmait
la justesse des remarques de M. Michel, madame de Bonneval s'écria :
Je reconnais bien là les hommes! Ils
nous croyent sans raison et sans courage, et, quand nous leur prouvons
qu'ils se trompent, ils croyent encore
que c'est un effort au-dessus de nos
forces, jusqu'à ce qu'une conduite
persévérante les en ait convaincus;
alors ils deviennent si humbles, qu'en
vérité ils font pitié : c'est où il faudra
bien en voir venir M. Pierre. Mais
dites-moi, je vous prie, ce que c'est
que des petits béguins et des petites

brassières d'enfans que je vois réunis sur cette table? C'est, sans doute, une prévoyance de mère ?

Non, Madame, répondit madame Pierre en rougissant, et je compte bien n'avoir plus besoin d'en prendre de semblable. C'est pour cela que j'ai mis à part ces bagatelles, que je voudrais faire agréer à madame Michel pour sa petite Cécile ; mais elle ne voudra pas, sans votre permission, qu'elle soit parée d'autres dons que des vôtres.

— Je n'ai point de ces petites délicatesses; ce serait vouloir être à soi seul le soleil. Les témoignages d'amitié appartiennent à tous les bons cœurs, cette layette est charmante et d'une belle dentelle.

— C'est un présent de M. de Freminville à mon petit Paul, son filleul.

— A-t-il aussi perdu sa maraine ?

— Oui , Madame. C'était sa grand'-maman ; elle est morte avant M. de Freminville.

— Je la remplacerai. A demain , madame Pierre ; amenez-moi mon petit filleul. Pour aujourd'hui, il est temps de partir; je marche lentement, et il y a loin d'ici au château.

— Nous allons vous reconduire , adame.

— Avec plaisir ; cela vous apprendra le chemin.

— Vous n'irez pas à pied , dit Colette. J'ai à vous offrir une monture telle que vous l'avez souhaitée quelquefois : elle est douce comme un bateau.

— C'est sûrement la Marguerite de Jules ?

— Oui , Madame.

— Il est bien juste qu'elle soit de

la fête; mais es-tu bien sûre qu'elle
ne me fera point de mauvais tours ?

— Je l'ai éprouvée, et je vous en
réponds. Marguerite fut aussitôt tirée
de son écurie et arrangée de manière
à pouvoir porter une dame; cependant elle ne fut essayée par madame
de Bonneval, que lorsqu'elle fut à
moitié chemin. Elle la trouva si do-
cile, qu'elle lui promit une scelle à
l'anglaise, pour pouvoir, dit-elle, se
promener quelquefois, mais réellement afin que madame Pierre put s'en
servir pour venir au château.

Les gens de madame de Bonneval
étant venus à sa rencontre à l'entrée
l'avenue, elle renvoya ses bonnes
amies, pour qu'elles ne pussent être
surprises par la nuit qui approchait.
Pour hâter leur marche, Colette engagea sa compagne à monter à son
tour sur Marguerite, et l'exemple de

madame de Bonneval l'ayant enhardie, elle essaya pour la première fois cette manière de voyager, qui n'a rien de brillant, mais qui est aussi douce que convenable à la santé.

Elles se flattaient envain de trouver leurs maris de retour. Ils n'arrivèrent qu'à dix heures; l'un d'eux rentra avec les enfans et ressortit tout de suite pour aider au déchargement du charriot. Cette partie mystérieuse de leur voyage devant être soignée dans l'obscurité, les deux ouvriers coopérateurs rentrèrent avec eux. On soupa en hâte, et comme des gens fatigués qui ne désirent que le repos. Pendant qu'ils le goûtent, je vais les imiter avant de passer à un autre chapitre.

CHAPITRE XV.

Faits et gestes de Paul au château de Thouars.

Depuis le lever de l'aurore, l'atelier de M. Michel, semblable aux forges de Vulcain, faisait retentir les bois d'alentour sous les coups redoublés des marteaux. M. Pierre y avait accompagné son ami, et il fallut que Jules vint le prier plusieurs fois de retourner auprès de sa mère, qui voulait lui rendre compte de ce qui s'était passé pendant son absence.

Il apprit avec plaisir la démarche flatteuse qu'avait faite madame de Bonneval, et le souvenir que cette dame avait conservé de lui, et fut charmé que rien ne l'eût pu rappeler à sa mémoire, lorsque M.

Michel lui en avait raconté l'histoire,
parce que sans doute il eût mis autant de soin à éviter de la voir,
qu'il y avait mis d'empressement. Il
conduisit sa femme et son petit Paul
jusqu'à la vue du château, et revint
trouver son ami.

Laissons-le présider à ce grand
œuvre, et suivons la mère et le fils
au château. Ils furent introduits auprès de madame de Bonneval comme
des personnes attendues. L'ami Paul,
carressant et famillier de son naturel,
fut embrasser la belle dame, et lui
demander des nouvelles de sa santé,
comme s'il l'eût connue depuis longt-
temps. Ses petites caresses et son
teint de rose, eurent le plus grand
succès; il ne fut pas pris sur les
genoux, parce qu'il commençait à
être d'un poids trop considérable,
mais introduit entre, on lui demanda
s'il aimait les bonbons?

— Oui Madame.

— Une belle boîte lui fut ouverte , et, pendant qu'il en usait avec plus de modération qu'on ne devait s'y attendre , ses beaux yeux furent admirés , et son cou d'ivoire caressé par des mains dont le ton de couleur se confondait avec ce qu'elles touchaient.

On servit le déjeûner ; du café à la crême , des pêches , du vin de Tokai ; devaient occasionner l'embarras du choix à un amateur tel que Paul ; mais avant qu'on eût le temps de lui demander ce qu'il aimait le mieux , il avait déjà dit : Vous me donnerez de tout, pasvrai maman ? Il en eut effectivement· Sa naïveté , son assurance plurent à madame de Bonneval, qui s'amusa à lui faire boire quelques petits verres de vin.

Il n'en fallait pas tant pour le rendre bruyant : on l'envoya jouer dans le sallon, pour pouvoir parler plus tranquillement.

Madame de Bonneval, qui ne retardait jamais l'occassion d'exercer sa bienfaisance, voulait en même temps que ce fût de la manière la plus agréable à ceux à qui elle pouvait être utile ; elle s'attacha donc à connaître, par madame Pierre, les goûts de son mari. Celle-ci lui dit qu'elle croyait que, s'il eût eu le choix des moyens, il eût préféré à la profession de marchand celle de cultivateur, qui n'emporte avec celle aucune dégradation ; que cependant elle n'avait, à cet égard, d'autre certitude que le goût qu'elle lui avait toujours connu pour le jardinage ; qu'il avait été à portée de le satisfaire avec M. de Freminville, qui avait une prédilection particulière pour la culture

I.   14

des fleurs et des fruits, au point d'y
travailler lui-même, et d'avoir écrit
sur cette matière des procédés par-
ticuliers, que sûrement son mari
aura recueillis avec soin.

Elles en étaient là de leur entretien, lorsqu'elles entendirent le bruit
d'un fouet, et des expressions pro-
pres à faire croire qu'il était entré
quelques charretiers dans le sallon.
C'était l'ami Paul, qui n'allait jamais
sans un petit bâton, et qui, lorsqu'il trouvait un cordon à y attacher,
en faisait un fouet, et se livrait au
goût qu'il avait rapporté et conservé
depuis son retour de nourrice, de
conduire en imagination des chevaux de selle ou de charette; car
il n'y mettait pas de vanité. Pour
cette fois, la fortune l'avait servi au
point de trouver une ceinture de ruban qu'une femme-de-chambre avait

laissé tomber dans le sallon; et, lorsque madame de Bonneval et madame
Pierre y entrèrent, on le trouva à
califourchon sur le coussin du canapé,
qu'il avait tiré sur le parquet, et courant la poste en se fatiguant sur son
dada de plume.

Sa mère était un peu déconcertée
de cette incartade ; mais elle se
remit, en entendant madame de
Bonneval dire à son cher Paul :
Puisque vous aimez tant les chevaux,
mon ami, je vais vous faire monter
sur un véritable dada; vous tiendrez
vous bien ?

— Oui, Madame, répondit-il, avec
assurance.

Aussitôt elle sonna, et fit dire à
un vieux palfrenier de venir lui parler;
elle lui ordonna de prendre le plus
doux de ses chevaux et de le promener
en tenant l'enfant à cheval devant lui.

Il serait impossible de peindre la joie naïve et bruyante de cet enfant; il voulait partir tout de suite, mais madame de Bonneval lui dit que Brigite le garderait jusqu'à ce que le cheval fut prêt, et qu'elle le mènerait dans la cour quand il serait temps.

Mademoiselle Brigite était une fille de cinquante ans au moins, qui ava élevée madame de Bonneval, et qui faisait alors les fonctions de femme de charge ; elle aimait les enfans comme toutes les vieilles filles, qui s'imaginent que la fonction de mère n'a que des douceurs, elle s'empara de Paul, qui n'ayant en tête que le plaisir de se voir sur un cheval, répondit fort indifféremment à ses caresses.

Tandis que les deux dames vont se promener au jardin, suivons le cher Paul dans sa course, elle commence à déterminer ses goûts et à in-

fluer sur les événemens de sa vie.
Sous ce rapport elle tient au fil de
cette histoire.

Aucun mouvement du cheval ne
l'effrayèrent; il répéta tant à son guide:
Fort, fort, plus fort, que du pas il
passa au trot, delà au galop; et alors
rien n'aurait manqué à son bonheur,
si on lui eût laissé tenir la bride ; mais
il ne put obtenir ce point capital, et
après une longue promenade, le palfrenier vint descendre à la porte de
l'église où mademoiselle Brigite lui
avait donné rendez-vous. Après avoir
attaché son cheval, il conduisit Paul
à la sacristie, où le curé quittait ses
ornemens en causant avec mademoiselle Brigite, qui, pieuse sans être dévote, était fort bien avec son pasteur.

Il est en effet très-joli cet enfant ,
dit le curé ; qui est-il ? Je ne l'avais
pas encore vu.

14

C'est le fils d'une dame nouvellement arrivée , qui est en ce moment
avec madame de Bonneval , qui paraît s'y intéresser particulièrement.
N'est-il pas vrai , M. le curé, que nous
en ferons bien facilement un petit
amour ?

— Dites un ange , mademoiselle
Brigite !

— Un ange ; un amour , cela se
ressemble. N'ont-ils pas des aîles ?

Oui ; mais l'église n'admet rien de
profane dans son culte.

— Vous en direz ce que vous voudrez , M. le curé ; .ces anges-là ressemblent aux amours.

— Beaucoup d'autres choses ,
adoptées ou permises par l'église ,
sont imitées des Grecs ; mais dans
ce cas-ci, il n'y a point de ressem-
blance : les anges n'ont ni flèches ni
carquois.

— Ha! je n'y pensais pas.

On saura bientôt ce qui donna lieu à ce colloque, qu'il fallut interrompre , parce que Paul , qui ne s'en amusait point , voulait remonter à cheval ; on lui répondait que le cheval était en allé, alors le souvenir de sa mère , de cette mère dont jusqu'alors il ne s'était jamais éloigné, lui revint à l'esprit; il la redemanda à grands cris. Ni l'air imposant du curé , ni les raisons de la demoiselle Brigite ne purent le calmer, et il revint en pleurant au château , où sa mère l'attendait pour s'en retourner.

Madame de Bonneval , qui avait vu revenir son palfrenier seul sur son cheval, avait su de lui qu'il avait remis l'enfant entre les mains de Brigite. Puisque vous voilà prêt , lui dit-elle, allez dire à M. Michel que je voudrais lui parler le plutôt possible , et que

s'il ne pouvait pas venir , j'irais ce
soir me promener de ce côté.

Ce message s'exécutait , lorsque
Paul arriva noyé de larmes. Les caresses de sa mère l'eurent bientôt ap-
paisé, et tous deux , après avoir remercié madame de Bonneval allaient
partir; mais cette dame ayant ob-
servé qu'ils pourraient rencontrer Du-
mont et son cheval , et que ce serait
une nouvelle occasion de chagrin, dit à
madame Pierre : Je vais vous conduire jusqu'au parc et vous montrer
un chemin plus court.

Mademoiselle Brigite , qui avait ses
raisons pour se ménager un entretien
avec madame Pierre , s'offrit de la
conduire.

— Je le veux bien , si cela est
agréable à Madame, mais elle doit
être encore plus fatiguée que moi de
notre promenade , et il lui reste beau-

coup de chemin à faire , il vaut mieux
que je fasse mettre les chevaux.

Madame Pierre ayant assuré qu'elle
n'était point lasse , et que l'exercice
lui convenait , prit le chemin du parc ,
sous la conduite de mademoiselle
Brigite.

Aussitôt qu'elles furent hors de
portée d'être entendues , mademoiselle Brigite s'empressa de dire, qu'au
motif d'être utile à une aimable dame ,
se joignait le désir de la prier de faire
quelque chose , qui sûrement serait
agréable à madame de Bonneval,
pour le jour de la fête , qui se célé-
brait en grande pompe , le jour de
Sainte-Victoire ; et que , comme il n'y
avait plus que cinq jours , il n'y avait
pas de temps à perdre , si elle voulait
consentir que son fils fut travesti en
petit ange , pour présenter des fleurs
à Madame , et ensuite en jeter à la

procession, qui se faisait comme le jour de la fête Dieu, où les enfans du village portaient les encensoirs; qu'elle avait imaginé cela avec M. le Curé qui s'en faisait un plaisir, et qui avait trouvé au petit Paul une figure charmante et propre à remplir ce rôle.

— Je ferai avec plaisir, Mademoiselle, ce que vous souhaitez; j'y vois cependant beaucoup de difficulté. Pour habiller l'enfant, je n'ai que de la mousseline et de la dentelle, mais il faudrait de la gaze.

— J'ai tout ce qu'il faut, Madame, gaze et ruban.

— Il faut encore des aîles?

— M. le Curé les enverra chercher à Paris, aussitôt qu'il aura votre consentement.

— Vous pouvez l'en assurer, Mademoiselle, mais il y a encore une autre obstacle à surmonter; j'ai un fils plus âgé, qui sera jaloux de ne pas jouer un rôle dans cette fête.

— Je le connais, Madame, ne s'appelle-t-il pas Jules?

— C'est lui-même.

— Nous l'habillerons en lévite, il portera sur sa tête ou devant lui, les prémices de la moisson.

C'est ainsi que madame Pierre se trouvât de son côté confidente comme son mari, d'un projet mystérieux pour la fête de madame de Bonneval; mais qui exigeait de sa part beaucoup plus de soins et de précautions, parce qu'il fallait se concerter avec le Pasteur, préparer les enfans à leurs rôles, et leur en faire faire la répétion, en les exerçant dans l'église avec les autres enfans désignés pour la cérémonie.

Ce fut en s'entretenant de cette grande affaire, qu'on arriva au logis de Madame Pierre, où l'on acheva de convenir des précautions à prendre, et sur-tout du secret à garder.

M. Michel, qui avait déjà reçu le message de madame de Bonneval, et qui ne se souciait pas du tout de la voir venir chez lui le soir, où l'envie d'entrer dans son atelier pourrait ui prendre, s'était hâté de s'habiller pour se rendre à ses ordres, qui, pour l moment, le contrariaient beaucoup. Avant de partir, il vint demander à madame Pierre si elle savait ce qui le faisait appeler au château?

— Je n'en ai nulle idée, lui dit-elle. J'ai entendu donner l'ordre devant moi, et cela ne m'a paru qu'un souvenir survenu à madame de Bonneval, à l'occasion de son palfrenier, qui se trouvait à cheval dans le moment: cette réponse ne fit qu'accélérer l'empressement et la curiosité de M. Michel. Pour satisfaire celle du lec

teur, je vais l'accompagner au château.

~~~~~~~~~~~~~~~~~~~~~~~~~~~~~~

CHAPITRE XV.

Conseil tenu sur les intérêts de M.
Pierre et de sa famille.

MADAME de Bonneval avait donné
l'ordre d'introduire M. Michel aussitôt
qu'il arriverait.

A peine était-il entré, qu'elle lui dit:
Vous n'avez rien exagéré, brave Michel, sur la femme de votre ami ; elle
a aussi fait ma conquête ; et je ne
m'intéresse pas moins que vous au
bonheur de cette famille infortunée ;
mais comment l'opérer ? Les malheureux sont faciles à blesser ; c'est pour
cela que j'ai voulu vous voir, pour
vous demander conseil.

Michel, délivré de l'inquiétude que

I. 15

le secret de sa calèche fût parvenu à
madame de Bonneval, se livra sans
réserve au plaisir de pouvoir contribuer au bonheur de ses amis, et répondit :

— Vous me prenez au dépourvu,
Madame ; mais comme il ne faut ici
consulter que son cœur, je crois pouvoir vous assurer que l'ami Pierre aurait autant de goût pour cultiver un
champ que vous m'en connaissez pour
les arts mécaniques.

— J'ai aussi fait cette découverte
ce matin en causant avec sa femme.
Mais comment favoriser cette disposition ?

— M'y voici. Vous vous rappelez
sûrement, Madame, cet Anglais si
mélancolique et si pâle, son grand
lévrier, qui semblait aussi triste que
son maître, et leur taciturne et laco-
nique valet ?

— Sans doute. Mais où voulez-vous
en venir ?

— Que ce monsieur depuis plus
d'un an ne vous ayant pas donné de
ses nouvelles , vous avez le droit,
faute de paiement , de résilier le bail ,
et de rentrer dans ce petit domaine ;
qui ferait l'affaire de mon ami Pierre·

— A merveille ! Vous me rappelez
que j'ai reçu des nouvelles de cet Anglais , par son correspondant , et que
je dois réponse à sa lettre , que j'ai
besoin de relire , pour me rappeler
ce qu'elle contient. Vous allez en
prendre connaissance en me la lisant·

Madame de Bonneval l'ayant été
chercher dans son secrétaire , M. Michel y lut ce qui suit :

« MADAME ,

» Comme correspondant de sir
» Henry Lurwel , je suis chargé de
» vous témoigner, de sa part , le re-

» gret de ne vous avoir pas donné de
» ses nouvelles, et de n'avoir point
» acquitté les loyers qu'il vous doit.

 » Un sort prospère ayant succédé
» aux chagrins qui l'avaient fait se
» condamner à la retraite, il se trouve
» n'avoir plus besoin de l'asyle qu'il
» avait trouvé dans vos domaines,
» et souhaite que, pour obtenir la ré-
» siliation de son bail, vous veuillez
» prendre en considération les répa-
» rations et améliorations qu'il a fait
» faire au manoir et aux murailles du
» jardin; et, quant à l'année échue
» qui est la première de trois, restant
» à courir du bail, il désirerait que
» l'abandon général de tout le mobi-
» lier, linge et ustensiles, sauf les
» papiers s'il s'en trouve, pût faire
» compensation de ce dernier objet,
» dont, même en payant cette année
» de loyer, il vous prierait de dispo-

» ser en faveur de son successeur à
» ce bail, sous la seule condition d'y
» être accueilli, et de pouvoir y pas-
» ser quelques heures s'il se trouvait à
» portée de revoir une retraite où il a
» trouvé de l'adoucissement à ses
» maux, et reçu les premières nou-
» velles des événemens qui les ont
» terminés.

» Après, Madame, vous avoir trans-
» mis ses intentions presque littéra-
» lement, je suis chargé d'ajouter que
» s'il ne vous convenait d'accueillir
» aucune de ses propositions, j'ai
« ordre de vous faire payer le tout,
» et de faire enlever les meubles.

» Veulliez, Madame, m'honorer
» d'une réponse, et agréer mon res-
» pectueux hommage ».

PERRIER, *banquier* ; *à Paris.*

— Voilà, Madame, une lettre qui
vient à point.

— Certainement ; et je vous sais un
gré infini de m'y avoir fait songer.
Mais ce n'est pas tout , il faut répondre
à cette lettre , que j'accepte toutes les
propositions de M. Lurwel , et ajouter
quelque chose d'obligeant sur l'abandon de son mobilier. Vous allez me
faire le plaisir d'écrire pour moi ; je signerai.

— Vous voulez donc , Madame,
que je vous fasse une lettre char-
ronnéc.

— Ne faites pas le modeste , M. Michel, vous savez que vous n'êtes pas
un charron pour moi ; ainsi je vous
conseille de serrer le vent au plus
près. Vous voyez que je vous ramène
à votre ancienne profession : c'est
vous prier d'aller vîte.

Après quelques ins ans M. Michel
lut cette réponse :

» J'accepte, Monsieur, la résilia-

» tion proposée par M. Lurwel, et
» je trouve très-juste de prendre en
» compensation, sur le tout, les répa-
» rations qu'il a faites ; j'accepte ce-
» pendant aussi l'abandon de ses
» meubles, non pour ses loyers,
» mais pour en faire, en son nom,
» le don à une famille intéressante,
» qui va le remplacer dans cette
» campagne ; il peut être sûr d'en
» être accueilli comme un bienfai-
» teur ; et cette générosité ne pourra
» qu'ajouter à sa félicité actuelle. Je
» serais moi-même charmée de revoir
» sir Henry, que ses malheurs et son
» mérite rendaient doublement inté-
» ressant.

» Vous voudrez bien, Monsieur,
» remettre au porteur les clefs et le
» bail, dont est muni M. Lurwel,
» après l'avoir annulé, ainsi que ce-
» lui que je vous envoie ».

— A merveille! pour un charron,
même pour un capitaine; donnez que
je signe, et que je fasse partir de
suite. A présent qu'allons-nous faire
pour votre ami? Croyez-vous qu'il
puisse vivre sur ce bien?

— Oui, Madame; en continuant
son petit commerce, et en lui passant
la ferme au plus bas prix possible.

— Le lui louer ne serait rien, je
veux le lui donner; voilà ce qui
m'embarrasse à son égard et au mien,
car j'ignore si j'ai le droit d'aliéner.

— J'en sais assez sur cette matière,
pour vous assurer, Madame, que
vous en avez le droit; cette terre vous
est échue depuis votre mariage; elle
vous appartient en toute propriété.
Quoique M. de Bonneval y ait fait des
améliorations et embellissemens, le
petit domaine s'y trouve enclavé et
vous êtes maîtresse d'en disposer,

sauf à vous réserver, si vous le voulez, une rente foncière non rache-
table.

— Non. Je veux qu'il soit propriétaire dans toute l'étendue du mot,
sans assujétissement à aucun droit
seigneurial.

— Cela est impossible ; c'est un
petit fief qui relève de votre terre ;
mais ces redevances ne sont point
onéreuses.

— A la bonne heure ; voyons main-
tenant ce qui concerne M. Pierre.

— Il me semble, qu'en lui présentant cet objet, à titre de vente,
payable dans dix ans, à charge de
tant d'intérêt par an, c'est lui offrir
un terme assez long pour se liquider,
et vous réserver, à vous, Madame,
le temps de choisir le meilleur moyen
pour le lui faire accepter.

— Et quel prix mettre à ce bien,

pour qu'il ne soit exposé à aucune réclamation ?

— Il n'y en aura point à craindre, en vendant sur le pied de cinq cents livres l'arpent. Le manoir et les trois arpens de jardin, valent sans doute mieux que cinq cents livres; mais les sept arpens de terre qui sont en friche depuis long-temps, valent moins. M. Lurwel ne s'est occupé que du jardin, et cette année il a été délaissé, et ne produira que des fruits, ainsi, l'un dans l'autre, cela ne s'élèvera qu'à cinq mille livres, dont l'intérêt à trois pour cent, ne montant qu'à cent cinquante livres par an, il sera possible à mon ami d'y faire ses affaires.

—C'est tout ce que je souhaite. Je connais M. Piere, comme vous devez le savoir à présent et je veux remplacer, à son égard, M. de Freminville qui était le meilleur ami de M. de Bonneval.

Cet arrangement, Madame, sera déjà un service qu'une délicatesse mal entendue pourrait seule le porter à refuser; quant à l'objet des meubles, il se trouvera l'effet d'un heureux hasard.

— Est-ce que c'est un objet considérable?

Il est d'un certain prix; les meubles sont bien, quoique simples. Il y a aussi une petite bibliothèque remplie de livres choisis, beaucoup de linge, de la vaiselle, de la batterie de cuisine et même du vin, s'il s'est conservé; les commodités de la vie s'y trouvent dans chaque pièce, et si, à l'extérieur, ce manoir a l'air gothique, en revanche sir Henry a rendu le dedans on ne peut plus moderne.

— Je suis enchantée de ce que vous me dites là , parce que dans le village , ces meubles seront censés avoir été cédés par M. Lurwel ; quant à la vente du bien elle sera passée par mon notaire, que je vais faire venir exprès de Paris. On ne connaîtra ici que l'enregistrement aux hypothèques.

— Il n'y aura que moi , Madame, qui perdrai , par cet arrangement , la douceur de vivre avec ces amis : c'est déjà une habitude prise; mais je m'en consolerai par le plaisir de les voir plus heureux.

— Et aussi par le voisinage; vos demeures ne peuvent être plus près. Vos biens se touchent , qui vous empêcherait de vous voir tous les jours ?

— Ce sera même une nécessité, jusqu'à ce que le jardin et les terres puissent produire, et qu'il y ait une ou deux vaches et des volailles.

— En vérité, je vous crois jaloux de moi?

— Non, Madame, mais de la faculté que vous avez d'être bienfaisante; c'est vous qui acquittez ma dette envers ces honnêtes gens.

— Je vous le pardonne, et ce sentiment ajouterait à mon estime pour vous, si elle pouvait s'accroître, mais je n'acquitte que ma dette. N'ai-je pas promis de contribuer à votre bonheur et à celui de Colette? Ne parlons plus de cela; envoyez-moi demain votre ami. Je serai bien mal-adroite si je ne surmonte pas ses scrupules; car je m'attends à quelques-uns; mais je lui ferai accepter ce marché, et par suite le principal et les arrérages.

—Il ne sera pas nécessaire, Madame, de vous l'envoyer; il se proposait de venir prendre vos ordres

I.   16

pour ensuite continuer ses courses;
il me sera agréable que vous l'arrêtiez
encore quelques jours.

— Hé bien, en faisant mes affaires
je ferai les vôtres. Adieu, mon cher
Michel : dites à ma Colette mille
choses tendres pour moi.

CHAPITRE XVII.

*Madame de Bonneval détermine
M. Pierre à fixer sa résidence à
Thouars.*

Monsieur Pierre vint le lendemain au château comme il l'avait
annoncé.

Après avoir remercié madame de
Bonneval de ses bontés pour son
épouse et pour ses enfans, il lui té-
moigna combien il regrettait de ne
s'être pas rappelé de l'avoir vue chez

M. de Freminville ; que le temps
qui s'était écoulé depuis le décès de
M. de Bonneval, avait effacé de son
souvenir l'intime liaison qui avait
existé entre ces deux hommes respec-
tables ; sans quoi, il eût reconnu
chez qui il se trouvait.

— Il est vrai aussi que vous ne
m'aviez vue qu'une ou deux fois,
Monsieur, et le temps apporte des
changemens inévitables ; mais, moi
je vous ai reconnu. Votre travestis-
sement a seul dérouté mes souvenirs,
et sitôt que j'ai entendu prononcer
votre nom, je n'ai plus eu d'incerti-
tude.

— Vous êtes la seule, Madame,
depuis la perte de M. de Freminville et celle de ma petite fortune,
à qui je n'aye pas fait détourner les
yeux ; aussi, ne puis-je vous exprimer
combien j'y suis sensible. Je regarde

cet événement comme un heureux
présage que la fortune me sera favorable dans la nouvelle tournée que je
vais entreprendre , et je venais prendre vos ordres , au cas que vous en
ayez quelques-uns à me donner.
Je compte me diriger vers Orléans ,
et suivre ensuite les bords de la
Loire.

— Vous ne partirez pas encore ,
M. Pierre; j'ai besoin de vous ici.
J'espère que vous voudrez bien re-
tarder de quelques jours ?

—Je serais trop heureux, Madame ,
de vous être de quelque utilité.

— J'ai une affaire à vous proposer ;
mais auparavant, il faut que vous
preniez connaissance de cette lettre.

C'était la lettre écrite par sir Henry
Lurvvel. Après l'avoir lue , M. Pierre
lui dit : Je vois , Madame , qu'on
vous propose une résiliation de bail.

Souhaiteriez-vous me charger d'y répondre ?

— Non. J'ai répondu et accepté ; mais je croyais que vous y verriez un abandon qu'on me fait d'un mobilier, à la charge d'en disposer en faveur du successeur à ce bail, et à une condition qui n'est point onéreuse.

Oui, Madame. J'y ai remarqué cette générosité anglaise, plus souvent déterminée par l'ostentation ou le caprice, que par une véritable bienfaisance.

— Qu'importe le motif, lorsqu'il tourne au profit de l'humanité. Est-ce que vous vous feriez une peine d'être, par mon choix, l'objet de cette générosité ? Vous ne verrez sans doute jamais cet Anglais, et, dans tous les cas, la reconnaissance ne peut être un fardeau pour votre cœur.

— Sur-tout envers vous, Madame. Mais que ferai-je de ces meubles ? je ne saurais où les mettre, et j'en ai suffisamment pour le logement que j'occupe.

— Aussi, ne peuvent-ils vous appartenir que là où ils sont : c'est, vous avez dû le remarquer, la condition du donateur.

— Il m'est impossible de la remplir. Ce logement est sûrement au-dessus de mes moyens.

— Vous le connaissez déjà à l'extérieur. C'est cette petite maison d'architecture gothique, la plus voisine de celle de Michel.

— Oui, Madame. On peut également la prendre pour une chapelle, ou pour le pavillon restant d'un ancien château ; c'est une charmante habitation, mais il me serait impossible d'y prétendre.

— Je me propose pourtant de vous la vendre.

— Cela serait encore plus impraticable.

— C'est ce qui vous trompe. Le loyer qu'en payait un Anglais riche, qui la voulait absolument, n'a aucun rapport avec ce qu'elle vaut réellement. Je ne vous la vendrai que cinq mille livres payables dans dix ans ; vous paierez en attendant l'intérêt sur le pied de trois pour cent, et je vous ferai remise de la première année dont je vous donnerai quittance.

— Jamais, Madame, proposition plus séduisante et plus conforme à mes goûts ne pouvait m'être faite, car je crois que ce bien peut, en sus de la rente de cent cinquante livres, suffire à tous les besoins. Mais avant de prendre cette charge, il faut être en mesure de faire valoir ; et pour ré-

pondre à une proposition où je vois
beaucoup plus votre générosité qu'aucune utilité pour vous, Madame, il
faut cependant que je puisse faire un
court voyage à Paris, pour savoir si
je peux vendre une des petites rentes
qui ont échappées à mon naufrage.

— Pourquoi vendre ? Ce voyage est
absolument inutile ; vous vendriez à
perte, je veux vous l'éviter. Cinquante
louis suffisent pour mettre ce bien en
pleine valeur, je vais vous les avancer ; l'intérêt est de soixante livres ,
ce sera entre nous une affaire particulière, et qui se fera sans écriture.

C'est, madame, résoudre toutes les
difficultés ; il ne me reste plus qu'à
vous obéir et à justifier vos bontés.
Je vous demanderai cependant la
permission d'aller me défaire de mes
marchandises, avant de me livrer
entièrement à la profession d'agricul-
teur.

— Ce n'est pas là, à ce que je crois, par où vous devez commencer ; il faut voir dans l'avenir, et songer à vos enfans : cette nouvelle situation serait trop bornée pour leur assurer une existence. Continuez donc, pendant le reste de la belle saison, de mettre votre fils aîné en état d'opérer seul, et de suivre une profession qui peut le conduire un jour à devenir sédentaire. Les meilleurs marchands ont ainsi commencé ; ils en connaissent mieux les sources où ils doivent puiser, descendent dans des détails inconnus aux autres, se font des amis, et arrivent à une fortune honnête.

— Je croyais, je l'avoue, Madame, pouvoir renoncer à ce métier, soigner moi-même l'éducation de Jules, jusqu'au moment de l'envoyer à Paris chez un procureur, où le temps et la persévérance mènent aussi à un établissement.

— Il faudra trop d'accessoirs pour arriver au succès, et ce serait le faire rentrer dans la carrière de la vanité, dont la Providence, plus sage, vient de le tirer. Je suis persuadée, Michel l'est comme moi, que le bonheur est au-dessous et point au-dessus. Consultez-le; il ne quitterait pas sa position actuelle, pour la carrière plus brillante qu'il avait commencé à parcourir.

— Je ne consulterai que vous, Madame; mais qui soignera donc ce bien en mon absence?

— Votre épouse, qui fera exécuter vos intentions, Michel et sa femme, qui y veilleront avec plaisir, une bonne fille que je tirerai de l'une de mes fermes pour l'attacher à votre maison, et un garçon de labour que vous choisirez avec soin : il y en a ici plusieurs qui peuvent vous convenir. Au moyen de ces dispositions, vous pourrez, dès le printemps prochain, vous occuper vous-même de votre bien, et vous livrer à la retraite qui, j'en conviens, doit vous paraître préférable. Vous ne négligerez cependant pas l'éducation de vos enfans; mais il suffira qu'elle soit relative; c'est un point essentiel, et vous serez encore aidé à cet égard par Michel qui peut, en outre, faire de votre petit Paul. un ouvrier d'une classe supérieure.

— La sagesse et la bonté ne s'exprimeraient pas autrement, Madame. Il me semble entendre encore le respectable Freminville, et je vois que tout ce qu'il aimait lui ressemble.

— Sans prétendre un éloge aussi distingué, j'ai désiré le remplacer en partie auprès de vous; c'est une dette que M. de Bonneval se serait empressé d'acquitter s'il eût vécu; mais ne pouvant disposer comme je le vou-

drais d'un bien dont je ne me regarde
que la dépositaire , je sacrifie mon
inclination à l'utilité de votre famille.
Si je l'eusse suivie, je vous aurais attaché à moi comme vous l'étiez à M.
de Freminville ; vous eussiez été mon
bibliothécaire, mon lecteur, le sur-
intendant de mes affaires.

— Ah ! Madame , cette position eût
comblé tous mes vœux.

— Je l'aurais préférée aussi ; mais
elle n'eût été utile que pendant votre
vie, et aurait replacé votre famille
dans une situation où les besoins de
vanité l'auraient emporté sur les besoins réels. Ils auraient conçu des espérances que ni vous ni moi n'aurions
pu réaliser ; il faut donc préférer une
honnête médiocrité, cela ne m'empêchera pas d'être l'amie de madame
Duport et la vôtre , et de vous accueillir dans toutes les occasions , sans être

gênée dans ma marche par ceux qui
ne voudront voir en vous qu'un marchand forain ; ils ignorent qu'entre
le négociant sédentaire et le négociant ambulant, il n'y a de différence
que la fortune, et que les autres
avantages sont le plus souvent du côté
du second. Vous n'êtes, au surplus,
ni l'un ni l'autre pour moi, et j'espère que nous trouverons le temps de
faire plus d'une lecture ensemble.

— Ces momens me seront précieux,
Madame. Mais que pouvez-vous désirer d'apprendre ? Qui, plus que
vous, réunit les qualités du cœur et
de l'esprit, et tous les avantages naturels ?

— Ne me louez point, et revenons
à vos affaires. Mon notaire viendra
demain ou après, je l'ai mandé, et je
vous ferai avertir lorsqu'il sera ici :
il faudra amener aussi madame Du-

I.   17

port ou madame Pierre , si vous continuez de garder ce nom. Mais pourquoi ne pas reprendre le vôtre? Quand on n'a nulle raison de se cacher , c'est une faiblesse de rougir de l'injustice ou de l'égoïsme des autres.

— Dès ce moment , Madame , je vais le reprendre. En adoptant celui de Pierre, je n'en avais point changé ; c'est mon nom patronal. Je n'avais, j'en conviens , d'autres but que de dérouter les personnes que le hasard m'aurait fait rencontrer, et d'éviter par là d'en être reconnu.

— Je suis charmée de cette résolution. Retournez à présent chez vous , et prevenez de ma part madame Duport et Colette de se tenir prêtes, aussitôt leur dîner ; à venir visiter votre acquisition ; je les prendrai dans ma voiture, et nous irons tous ensemble.

CHAPITRE XVIII.

Visite à la Châteigneraie.

La Châteigneraie étoit le nom dis-
tinctif du petit domaine dont M. Duport allait devenir propriétaire, parce
qu'autrefois il était couvert de châ-
teigners, et qu'il y en avait encore
plusieurs placés de distance en distance dans les haies qui formaient la
clôture des prairies et terres laboura-
bles.

M. Michel, qui craignait toujours
que madame de Bonneval ne voulut
pénétrer dans son atelier, avait eu le
soin, d'après ce qu'avait fait annoncer
cette dame, de faire tenir sa femme
en état de paraître; de sorte qu'aussitôt qu'on entendit le bruit du carosse,
les deux familles réunies, furent au-

devant de leur protectrice , qui ;
n'ayant témoigné d'empressement que
pour aller visiter la Châteigneraie ,
et en faire prendre connaissance
aux futurs propriétaires , fit monter
les femmes auprès d'elle , tandis que
les hommes suivaient à pied. Ceux-
ci, ayant pris par un sentier , arrivèrent en même temps que la voiture, qui n'avait à faire qu'un trajet
de vingt-cinq pas. Le gardien , ayant
été prévenu , ouvrit la porte cochère ,
et l'on se disposait à passer au jardin ,
l'orsque madame de Bonneval sadres-
sant à M. Michel, dit : vous vous at-
tendiez sans doute à ne pouvoir visiter
que les dehors , et je le craignais encore à deux heures après midi ; mais,
pendant que j'étais à table , le domestique que j'avais envoyé hier à Paris ,
est venu me rapporter les clefs avec
le bail annulé ; ainsi , nous sommes

les maîtres de tout voir, et même de prendre possession.

On commença par le rez-dechaussée. La laiterie, l'office et la cuisine y étaient pourvus de tout ce qui était nécessaire pour vivre à la campagne avec l'aisance et la recherche de la ville. Il n'y a pas de doute, dit madame de Bonneval, que M. Lurwel n'eût le projet de bien nourrir sa douleur. Mais si la cuisine inspirait cette réflexion, l'appartement prouvait encore mieux qu'il ne la voulait pas traiter avec rigueur. Dans la chambre à coucher, un lit ample et doux, un couvre-pied d'édredon, des bergères pareilles; dans le salon, une ottamane et des fauteuils, simples à la vérité, mais de la forme la plus commode, des glaces, une pendule, rendaient cet asyle plus semblable au séjour d'un

bénéficier qu'à celui d'un amant in-
consolable.

Il n'est pas besoin de dire que l'aspect, de tant de commodités réunies
plut infiniment à madame Duport ,
quoiqu'elle garda le silence ; mais il
est juste cependant de convenir que si
M. Lurwel pouvait être soupçonné
d'aimer ses commodités , on ne pouvait l'accuser d'avoir négligé l'étude ,
cette compagne si douce de la solitude. Aussi , M. Duport fit-il un cri de
joie en voyant dans une pièce, où
madame de Bonneval était entrée
seule, une petite bibliothèque , des
cartes géographiques , des globes et
quelques instrumens de musique.

Voici , lui dit cette dame , un réduit
qui paraît vous plaire , M. Duport ?

— Oui , madame. J'en conviens ;
on a toujours pour son premier métier
un sentiment de préférence.

— Voyez derrière vous ; votre fils Paul en a un pour les armes , car il s'empare d'un fusil.

Il était temps d'y songer ; c'était un joli fusil à deux coups , qui était resté chargé , et qu'on ôta de sa portée.

Vous ferez , reprit madame de Bonneval , une visite plus détaillée et à loisir , nous y mettrions trop de temps, il faut terminer par ce secrétaire, qui peut renfermer des papiers : elle l'ouvrit en même temps. Il ne s'y en trouva aucun ; mais seulement , dans l'un des tiroirs, douze couverts d'argent, une cuillère à soupe et deux à ragoût , et douze couteaux de table : le tout dans un genre anglais.

Ceci, comme matière d'argent , dit M. Duport, est à renvoyer à M. Lurwel.

— Non, s'il vous plaît, répliqua madame de Bonneval; ce sont des

effets mobiliers , ils font partie de l'a-
bandon ; je ne changerai rien à ses dispositions. Vous les garderez ; je prends
le tout sur ma conscience.

Personne ne répliqua à cette déci-
sion , qui pourrait faire croire , avec
quelque raison , et d'après son caractère connu , que madame de Bonneval avait placé ces couverts elle-même
dans le secrétaire , et que leur forme
anglaise n'était que pour masquer sa
générosité , car ils avaient encore l'é-
clat du-neuf ; et ce qui donne encore
du poids à cette opinion , c'est que
personne ne l'avait d'abord suivie
dans ce cabinet , et qu'on n'y entra
que quelques minutes après elle , et
lorsqu'elle eut invité à l'y suivre.

Après cette rapide inspection , on
descendit au jardin , qu'on trouva si
rempli de fruits qu'ils faisaient plier
les branches sous leur poids.

Quels ordres , demanda madame de
Bonneval au gardien , avez-vous re-
çus de M. Lurwel pour ce jardin ?

— Madame , il m'a laissé le produit
des légumes pour ma peine de tailler
les arbres et les espaliers.

— Cela est juste. Mais que vous a-
t-il dit pour les fruits ?

— Il avait vendu ceux de l'année
dernière bien avant son départ , et je
les ai livrés. Quant à ceux de cette
année , j'attendais ses ordres : on est
venu les voir plusieurs fois ; mais je
n'ai pu répondre , d'autant qu'ils sont
plus beaux que l'année dernière , et
qu'il y en a deux fois plus.

—Ces fruits , ajouta-t-elle en mon-
trant M. Duport , vont appartenir à
Monsieur , à qui je vais vendre ce bien.
Ce sera lui qui en disposera dès cette
année ; il vous laissera recueillir tous
les légumes qui sont sur pied.

On tourna ensuite vers une feuil-
lée qui formait un berceau naturel ,
et qui offrait en même temps un siége
de gason. Le chèvre-feuille , le jasmin ,
le seringa et les roses s'y disputaient
l'avantage d'ombrager et de parfumer
cet abri , qui était d'autant plus agréable que la nature semblait y avoir tout
fait. Mon parc n'offre rien d'aussi
champêtre , dit madame de Bonneval ,
et je viendrai souvent ici oublier ses
bosquets symétriques , et travailler
avec madame Duport.

On se doutera bien qu'une disposition si flatteuse, fournit à madame Duport l'occasion de témoigner sa reconnaissance à celle qui ne paraissait
occupée que de son bonheur. Pendant que les dames jouissaient d'une
situation qui semblait devoir les rete-
nir long-temps dans ce lieu , les hommes s'empressèrent d'aller cueillir

quelques fruits pour les leur offrir. Ce
rafraîchissement impromptu venait à
propos, et fut particulièrement pour
les enfans une aubaine délicieuse.
Cependant M. Michel entraîna son
ami vers la petite porte du jardin, qui
donnait sur la portion non fermée de
mur. M. Pierre vit avec plaisir que le
terrein se prolongeait dans la même
longueur du jardin, qui était d'un
arpent trois-quarts, sur une longueur
de quatre, fermée des deux côtés
d'une haie vive garnie de cerisiers,
et au bout par la lisière d'un bois ap-
partenant à madame de Bonneval.
Avant de parvenir à ce bois, le terrein
s'élevait insensiblement jusqu'à plus
des trois-quarts, et le reste jusqu'au
bois se trouvait séparé par un ruisseau
de six pieds de large, ou coulait un
eau vive, de sorte que la portion du
terrein entre ce ruisseau et le bois

n'était et ne pouvait être qu'une prairie naturelle, mais abondante, dont
le terrein s'abaissait considérablement
jusqu'au bois. Par cette disposition
naturelle , ce ruisseau entretenait
une fraîcheur continuelle dans cette
petite prairie, et pouvait, par des cou-
pures pratiquées au besoin, arroser
l'autre partie du terrein.

M. Duport saisit avec un transport
de joie intérieure, l'avantage de cette
position ; mais elle s'exhalta au plus
haut degré , lorsqu'il eût remarqué
que ce ruisseau qui paraissait sortir
exprès du bois pour trouver son terrein, rentrait ensuite dans ce bois ;
qui formait un angle saillant sur la
partie opposée et n'en ressortait que
pour se jeter dans la rivière jusqu'où
se prolongeait cette petite forêt. Il en
conclut qu'il devait être poissonneux
et former une retraite aux carpes e
aux autres poissons.

Je le pense comme vous , lui dit
Michel , à qui il avait communiqué
cette idée ; mais c'est une découverte
qu'il ne faudra point faire connaître ,
car les habitans , pêcheurs , cherche-
raient à l'intercepter à l'embouchure
et vous priveraient de cette douceur.
Envieux et intéressés , tel est en général le caractère du paysan ; et quoique
ceux de ce pays méritent de faire ex-
ception , il faut avec eux comme avec
les autres se tenir en règle et ne faire
que des conditions positives et rigou-
reuses. D'après cela je vous conseille ,
aussitôt que vous aurez fini avec
madame de Bonneval , de constater
ce qui vous appartient dans le jardin
par le fond , tels qu'artichaux , asperges et autres objets, et d'acheter sur
pied , au jardinier gardien , tout ce
qu'il a pu semer afin d'être de suite
maître chez vous. Il est déjà temps de

I   18

songer à l'hyver et de planter tous les légumes qui peuvent être de ressources dans cette saison.

Quant aux fruits il n'y a pas un moment à perdre pour vendre ceux qui sont mûrs ; il y en a déjà qui se perdent. Vous verrez que le produit de ces fruits est un objet considérable , et qu'il y a telle année , qui, comme celle-ci, peut s'élever au-delà de six cents francs , à cause de la proximité de Paris ; mais d'après ce que je viens de vous dire , mon ami , il faut vendre à plusieurs acquéreurs et être seul à savoir ce que vous en aurez retiré. Nous nous concerterons ensemble sur tous ces objets : il est temps à présent de retourner auprès de nos femmes.

Il avait raison , madame de Bonneval parlait déjà de s'en aller ; elle prévint M. et madame Duport que son notaire venant le lendemain dîner avec elle, elle les attendrait pour prendre le café et signer l'acte qui serait tout dressé.

Je dirai donc succinctement et par anticipation, que cet acte fut signé le lendemain, à la grande satisfaction de toutes les parties ; que madame de Bonneval fit passer M. Duport dans son cabinet et lui compta cinquante louis, comme elle l'avait annoncé, pour commencer son établissement, sans vouloir d'autre titre de ce prêt que sa parole, et lui remit les clefs, afin qu'il put, sans retard, prendre possession. Je vous enverrai dès demain, lui dit-elle, comme je l'ai promis à votre épouse, une certaine Catherine dont je lui réponds, qui est forte, vigoureuse et qui travaille comme quatre ; je suis bien sûre qu'elle en sera contente.

Les grands événemens qui récla-

ment mes soins, m'ont forcé d'abréger
les détails d'intérêt pour ne m'occuper
que de ceux du cœur; n'y aurait-il
pas en effet, de quoi rougir d'oublier
la fête d'une aussi généreuse protectrice, en ne se livrant qu'à calculer
les avantages résultant de ses bontés.
Ce n'est point ainsi que se sont com-
portés ses protégés, et je dois un
compte fidèle de ce que leur a inspiré
leur reconnaissance.

CHAPITRE XIX.

Apprêts pour la fête de madame de Bonneval.

On n'a point oublié la calèche que
M. Michel destinait à sa protectrice
ou plutôt à son amie; on était à la sur-
veille de sa fête, M. et madame Duport venaient de rentrer du château

où ils avaient été pour conclure leur
acquisition. La calèche devait être
conduite, et présentée la veille de la
fête ; il ne fallait pas qu'on sut d'où
elle venait, ni qui l'avait amenée ; des
confidens sûrs pouvaient donc seuls la
conduire jusqu'à la grille du château.
Après conseil tenu, on convint qu'à
l'approche du jour, les deux amis,
aidés du peintre et du serrurier en
ressorts, la rouleraient jusqu'à un endroit fourré du parc ; que là, en fac-
tion jusqu'à l'aurore, ils se tiendraient
cachés, pour n'approcher la calèche
qu'au moment où l'on ouvrait les gril-
les ; qu'on précéderait ce moment assez pour n'être pas aperçu ; qu'on se
retirerait dans ce même endroit, pour
veiller à ce que deviendrait la calèche, et que quand on la verrait in-
troduite, chacun reviendrait au logis
par des chemins différens.

18*

Voilà donc le bibliothécaire de feu M. de Freminville , un amateur des belles-lettres convertit en compagnon charron ; l'honnête entreprise eut le succès désiré. Le dieu du mystère leur fut aussi favorable qu'il l'est malheureusement aux larrons, et ils eurent de leur cachette , le plaisir de voir introduire la calèche dans la cour du château , sous les fenêtres de madame de Bonneval , la corbeille remplie de fleurs et placée dans cette calèche , indiquant d'une manière positive l'intention de ceux qui l'avaient amenée.

Tranquille sur le sort de cette offrande , il est bien temps de parler des soins pris par madame Duport, pour faire paraître ses deux fils à la fête. Aux travaux précédens , devaient succéder de nouveaux travaux et des travaux encore. Ce qu les rendaient pénibles , étaient les courses au pres-

bytère , le secret à faire garder à deux
enfans , dont l'un ne savait point encore se taire; il s'en suivait la nécessité de ne le point perdre de vue. Cependant, ce dernier jour était indiqué
pour une grande répétition avec les
costumes. Les corbeilles , les fleurs,
les ailes, tout était prêt. A huit heures,
madame Duport se rendit avec ses
enfans au dernier rendez-vous , donné
chez le curé, par la dévote Brigite.
Laissons-là sous la garde des puissan-
ces célestes , qui ne peuvent manquer
de favoriser son entreprise , et voyons
ce qui se passe en son absence chez
M. Michel.

Le premier objet qui frappa les
yeux de madame de Bonneval , fut
la calèche placée sous les fenêtres de
sa chambre à coucher. Elle fait venir
ses gens, les interroge; aucun ne put
lui dire autre chose, que cette voi-

ture avait été conduite près de la
grille, sans qu'on eût découvert personne. Ceux qu'elle pouvait soupçonner d'intelligence furent ques-
tionnés particulièrement ; et menacés
de perdre sa confiance. Ce nouvel in-
terrogatoire ne lui en apprenant pas
plus, elle fut réduite à deviner; mais
elle ne prit pas long-temps le change,
et résolut tout de suite de désespérer
l'anonyme pour se venger de sa conduite mystérieuse.

La domestique qu'elle avait promise à madame Duport, lui fournissant un prétexte naturel d'aller surprendre Michel, elle donna à-la-fois
ordre qu'on lui amena Catherine, en
lui recommandant de s'habiller pro-
prement, et qu'on mit à la calèche son
attelage le plus beau et les harnois les
plus élégans. En attendant qu'ils fussent prêts, elle s'enferma dans son ca-

binet, y travailla une demi-heure, et
enveloppa son ouvrage dans un papier
si bien fermé en tous sens par des
épingles, qu'on ne pouvait voir ce
que c'était.

Tout le monde, dans le château,
s'attendait à quelque course extraordinaire, en voyant atteler, à une
calèche inconnue, quatre chevaux
du Holestin, couleur soupe de lait,
à crains bruns; mais la curiosité fut
singulièrement détrompée, en voyant
que cet appareil était pour partager
l'élégant équipage avec la grande
Catherine. Sans inquiétude sur son
destin, elle y prit place avec madame
de Bonneval, qui indiqua de la conduire chez son charron.

En y arrivant, elle demanda madame Duport; on lui dit qu'elle était
sortie avec ses enfans, et qu'on ne
savait pas quand elle reviendrait.

— J'en suis fâchée. Je lui amenais cette jeune fille que je lui ai promise. Vous la lui présenterez à son retour ; je vais la laisser ici. Mais si le dessein de faire plaisir m'a conduite, il est troublé par un petit chagrin que je ne peux vous éviter, mon cher Michel.

Ce serait le premier qui me viendrait de vous, Madame, et je ne puis croire qu'il me soit bien sensible.

— Et moi, je crois le contraire ; mais c'est une histoire qu'il faut vous raconter. Si je n'avais pas, depuis long-temps, annoncé le dessein de rester veuve, au point d'avoir éloigné tous les prétendans, je croirais que quelque modeste aspirant voudrait me gagner par sa galanterie, car il m'est ce matin tombé....., ma foi tombé des nues, une calèche charmante, et bien faite pour prévenir en faveur de celui qui me l'aurait donnée.

— Je ne vois rien là, Madame qui puisse m'affliger.

— Lorsque vous l'aurez vue, vous en penserez différemment.

— Je ne conçois pas, Madame, quel pourra être mon chagrin.

Madame de Bonneval, piquée de ce qu'il ne se trahissait pas, et qu'aucune altération ne parut sur ses traits, en voyant qu'elle ne l'accusait pas d'être l'auteur de cette galanterie, s'affermit dans le dessein de le tourmenter. Venez, lui dit-elle, Monsieur, voir cette calèche; elle est à votre porte : ils y furent ensemble.

— Hé bien, continua-t-elle, croyez-vous qu'on puisse au village atteindre à cette grâce et à cette légéreté, et n'avais-je pas raison de craindre de vous désespérer, en vous faisant voir ce modèle ?

— Elle est bien; j'en conviens.

— L'éloge est modeste. Dites que
ce n'est qu'à Paris que règnent le goût
et la perfection.

— Je le crois, Madame; mais lorsqu'on est à portée d'y aller quelquefois, je crois aussi qu'on peut imiter
ce qui s'y fait, et même le surpasser;
sur-tout, lorsqu'on est animé du désir
de vous plaire : daignez me donner
vos ordres, et vous verrez.

— Non certes. De quelque part
qu'elle vienne, elle a le mérite d'a-
voir prévenu mes désirs et celui de
l'invention. Voudriez-vous être réduit
à n'être qu'imitateur?

— Pour vous être agréable, Madame, je me contenterais du dernier
rôle.

— Je suis charmée de voir que vous
ne soyez pas plus affecté de cet événement, car je craignais, en me servant
de cette voiture, de vous exposer à

vous entendre dire : « Voisin, c'est
» cela qui est délicat et joli! En feriez-
» vous autant? » Je m'en serais privé
plutôt; mais, puisque vous êtes si
résigné, vous verrez demain l'usage
que j'en ferai. Je veux la remplir des
plus jolies personnes du pays, tandis
que vous, marguiller et sindic, aurez
le plaisir de nous voir passer. Je n'ai
qu'un regret, c'est qu'on ne puisse
aller à l'église de cette manière ;
ausi , m'en dédommagerai-je bien
l'après-midi.

Quelqu'effort que fit madame de
Bonneval, le paisible Michel ne té-
moigna pas le moindre dépit, et
réduite à faire semblant de croire
qu'il boudait intérieurement , elle
rentra en disant : Je veux au moins
dédommager la femme du déplaisir
que je fais au mari. Viens, ma Colette;
c'est demain ma fête, je veux que tu

y paraisses belle comme une épousée.
En même temps, elle détacha son
petit paquet et posa sur la tête de sa
commère une superbe coiffure de dentelle d'Angleterre, à barbes pen-
dantes, et lui mit au doigt un joli
brillant.

M. Michel, unique témoin de cette
nouvelle générosité, ne douta plus
qu'il n'eût été deviné. Content du sentiment qu'il éprouvait, il persista à
garder un respectueux silence, re-
mercia sa protectrice, et la recon-
duisit jusqu'à sa voiture.

Peu de temps après son départ,
madame Duport rentra avec son mari,
qui avait été au-devant d'elle. On leur
rendit compte de tout ce qui s'était
passé, comme à des amis pour qui
l'on n'a rien de caché; ils pensèrent
aussi que madame de Bonneval avait
deviné que ce présent ne pouvait

venir que de lui, et approuvèrent leur ami de ne pas vouloir déclarer qu'elle le lui devait.

On leur présenta ensuite la grande Catherine. Cette fille, droite comme un jonc, avait reçu de la nature une de ces bouches qui ne s'ouvrent que pour rire, et laisser voir un ratelier aussi brillant que l'émail. Deux grand yeux noirs ajoutaient à l'expression de sa physionomie, et, si son teint et ses bras n'eussent été brunis par le soleil, elle aurait pu être partout comptée pour une belle personne.

Cet ensemble plut à madame Duport, qui n'aimait que les figures franches et ouvertes. Il me parait, ma belle, lui dit cette dame, que nous nous conviendrons ; mais je ne peux vous recevoir que dans deux ou trois jours. Pouvez-vous attendre ?

— Oui, Madame, je demeure chez mes parens.

— Je vous ferai avertir, en attendant faisons nos conventions.

Elle furent bientôt d'accord ; deux écus scellèrent le traité, et Catherine s'en retourna contente comme une jeune fille, qui croit gagner beaucoup en quittant la dépendance de ses parens, pour une servitude étrangère.

S'occuper de plaisir est une jouissance commencée, souvent plus réelle que le plaisir même ; c'est ce qu'avaient éprouvé les deux familles depuis quelque temps. Nous verrons bientôt si le jour si désiré, réalisera les espérances qu'elles en avaient conçues : en attendant je vais les laisser reposer, et me donner, à moi-même, le temps de reprendre haleine.

CHAPITRE XX.

Fête de madame de Bonneval.

Dès sept heures du matin, tout le
monde était prêt dans la maison de
M. Michel; les deux maris habillés
en pères de famille, c'est-à-dire, sans
poudre, les cheveux peignés et tom-
bans sur leurs épaules; les épouses
en blanc uni, mais fin, de la plus
belle mousseline. Colette était en
robe à la paysanne, avec ceinture
et boucles, et la belle coiffure à barbes
détroussés; la petite Cécile, parée de
ses beaux atours, suivait sa mère
dans les bras de Marie-Jeanne. Madame Duport avait aussi un bonnet
de belle dentelle et une coiffe nouée
sous le menton comme une douairière,
parure riche et modeste, qui ne sert

19*

qu'à rajeûnir celle qui la prend avant le temps, et qu'on pourrait aussi bien considérer comme un rafinement de coquetterie, que comme un excès de modestie.

C'est dans cet ordre, qu'après un léger déjeûner on s'achemina vers l'église; les deux garçons ne se possédaient pas de joie. Aussitôt qu'ils furent arrivés, on leur fit prendre les vêtemens qui leur avaient été préparés, et on les rejoignit aux autres enfans initiés à la fête.

Chacun s'était placé; on n'attendait plus que madame de Bonneval, qui parut dans tout son éclat. Fuyant la pompe dans toute autre occasion, elle la réservait pour les jours consacrés aux devoirs de la religion, et s'en faisait un, d'y paraître comme si elle eût été à la cour.

A peine eut-elle pris la place qui

lui appartenait, que le Curé monta
en chaire. Il savait sans doute qu'on
ne devait pas ennuyer une dame de
paroisse, aussi son discours fut-il très-
resserré. L'éloge de la Sainte renfermait indirectement celui de la
bienfaisante imitatrice de ses vertus
sur la terre; il ne manquait à cette
louange délicate qu'un auditoire plus
recherché; tel qu'il était, elle ne fut
pas perdue pour tout le monde.

La messe fut chantée avec toute la
pompe possible dans un village;
l'orgue s'y faisait entendre, touché
par un des officiers de madame de
Bonneval. Après la consécration les
porte-fleurs et les turiféraires paru-
rent et vinrent encenser l'autel. Son
ministre prit des mains de Paul les
fleurs destinées au Saint-Sacrement
et de celles de Jules des épis. Après
ce premier hommage, ils se tournèrent

vers madame de Bonneval : c'était
un honneur dû à tous les Seigneurs
de paroisse de les encenser aussi.
Elle le refusa comme elle avait toujours fait ; mais lorsqu'elle eut reconnu, sous la forme d'un ange le
petit Paul, elle agréa son bouquet
et lui laissa ainsi qu'aux autres enfans
jeter des fleurs devant elle. Jules lui
offrit à son tour les prémices de la
moisson ; elle lui tendit la main en
signe de satisfaction ; mais celui-ci ,
par un mouvement de respect ou de
reconnaissance, s'en saisit et la baisa ;
Paul qui crut devoir imiter son frère ,
s'avança pour le remplacer.. Il était
impossible de refuser ce petit ange ;
et les autres enfans, persuadés qu'ils
devaient suivre cet exemple , se pré-
sentèrent à la file. Madame de Bonneval craignait de faire des jaloux,
devint , malgré elle , dans le temple

de la Divinité, l'objet d'une adoration particulière; et sa sensibilité, en recevant l'hommage de ces enfans, commençait déjà à se peindre sur ses traits, lorsque des orphées champêtres, qui s'étaient réunis à l'organiste, se mirent à jouer le quatuor de Lucile. Alors l'attendrissement gagna tout les cœurs, les yeux des mères laissèrent échaper de douces larmes, et les cérémonies peut-être trop austères de notre religion, furent, pour cette fois animées de tout ce que le sentiment peut y ajouter, sans rien ôter à ce qu'elle a d'auguste.

Lorsque l'émotion fut calmée, M. le Curé acheva l'office, et l'on se mit en marche pour la procession. Madame de Bonneval, qui suivait immédiatement le dais, avait à ses côtés madame Duport, Colette, les femmes de ses fermiers, puis les jeunes filles,

les jeunes garçons, les pères fermaient
le cortège, qui dans cet ordre, fit le
tour de l'église, traversa le village,
fit une station au reposoir élevé à
l'entrée de l'avenue du château, et
rentra par une avenue d'acacias qui
faisait face au presbytère.

. La bénédiction donnée aux fidèles,
termina la partie religieuse de cette
fête, où la vanité, qui ne perd pas
plus de ses droits aux champs qu'à la
ville, étalait tout ce qui pouvait établir quelque distinction de rangs ou
de fortune.

Madame de Bonneval, au sortir
de l'église, voulut voir à loisir l'ange
qui lui avait présenté un bouquet.
Les jeunes filles qui s'en étaient em-
paré, ne le cédèrent qu'à regret. Après
que madame de Bonneval l'eut caressé, elle le prit par la main, et
engagea, comme elle avait coutume,
tous les habitans à dîner chez elle.

Des tables immenses étaient, à cet effet, dressées dans le jardin, et couvertes en formes de tentes, en face du plus grand salon, où était la principale. A celle-ci, présidée par la maîtresse, il n'y avait d'admis que M. le Curé, les anciens, leur épouses et quelques personnes désignées. Aux autres tables, à droite, étaient les femmes et leurs maris, en face les uns des autres; à gauche les garçons et les jeunes filles, rangés de la même manière.

A ce festin, succédaient les exercices, tels que la joûte, la course, l'arquebuse, et enfin la danse.

M. Michel, Colette, M. Duport et son épouse furent, comme on s'y attend bien, de la première table. Leurs enfans furent confiés aux soins des femmes de madame de Bonneval; le petit amour et son frère firent leur

conquête. De ce moment , Paul devint le bijou de tous les gens du château , non-seulement comme singes de
leur maîtresse , mais parce que l'enfant était réellement aimable ; et je
dois cet hommage à la vérité , que ,
toutes les fois qu'ils se disputèrent à
qui l'aurait , si les bonbons du maître
d'hôtel l'emportèrent dans son cœur
sur les caresses des femmes-de-cham-
bre , en revanche, l'écurie eut toujours la préférence sur l'office. On
verra combien par la suite cette préférence lui devint utile.

Cette fête , qui se passa avec autant
d'ordre que de gaîté , se termina pourtant , comme toutes les autres , par
beaucoup de lassitude ; c'est l'effet de
tout plaisir long-temps prolongé : trop
heureux quand l'ennui ne se met pas
de la partie.

Ce fléau n'atteignit point les deux

familles ; elles ne virent arriver qu'a-
vec regret la fin d'un si beau jour ,
et se retirèrent comblées des témoignages d'amitié de madame de *Bon-*
neval.

CHAPITRE XXI.

Où l'histoire rétrograde.

La nuit depuis long-temps fuyait devant l'aurore, et , contre l'ordinaire ,
tout le monde dormait dans la maison
du vigilant Michel ; lui seul fut éveillé
par le chant du coq ; il s'empressa de
descendre à son atelier , non pour
presser les travaux , mais pour se trouver à l'arrivée de ses ouvriers , et leur
recommander de ne s'occuper que
d'objets qui ne pussent troubler le
repos de ses hôtes et de sa chère Co-

I.   20

lette , qui s'étaient couchés plus tard qu'à l'ordinaire.

Cependant cette précaution se trouva superflue à l'égard de M. Duport, qui venait de descendre donner ses soins à Marguerite , qu'aucune fête n'avait dérangée, et qui ne perdait pas l'appétit , quoique depuis plusieurs jours elle languit dans le repos.

Je suis charmé de vous trouver debout, mon ami , lui dit Michel; voici le moment de nous occuper de vos affaires , il ne faut pas différer. Prenez toutes vos clefs , et rendons-nous à votre habitation : ce qu'ils firent de suite,

Nous allons commencer, continua M.Michel , ainsi que je vous l'ai déjà dit par traiter avec le jardinier de tout ce qu'il doit recueillir. Ce marché fut bientôt fait ; deux louis et un égal partage de graines recueillies et à recueillir , rendirent M. Duport totalement maître chez lui.

Je ne me mêlerai pas , continua son ami , de vous diriger sur l'emploi de votre propriété ; vous connaissez la culture , et vous y avez plus de goût que moi ; mais je veux diriger vos marchés. Une longue habitude avec les gens de la campagne , m'a appris combien il faut avec eux être sur ses gardes , et positif sur les conditions. Mais à présent que vous voilà le maître , n'êtes-vous pas d'avis d'aller visiter la cave ? J'ai d'heureux pressentimens qu'il est bon de vérifier.

Il y trouvèrent en effet plus de cent bouteilles de vin de *B*ordeaux, tant blanc que rouge , et quelques bouteilles de divers vins de liqueur.

Voilà ce qui s'appelle une heureuse découverte , s'écria M. Michel ; j'ai un

goût de prédilection pour le vin de
Bordeaux et je vais chercher au logis du pain et quelque chose à manger , nous déjûnerons ensemble.

Il ne tarda pas à revenir avec un
petit panier bien garni. Ils se mirent
à table , et débouchèrent une bouteille qui se trouva être du vin vieux
de Médoc.

— Il est , ma foi , aussi bon que du
Bourgogne , dit M. Duport , et puisque vous l'aimez , mon ami , il ne
sera bu qu'avec vous.

— Et avec nos femmes , reprit M.
Michel , ne les séparons jamais de nos
plaisirs , ce serait retrancher à notre
bonheur.

— Mon intention n'était pas non
plus de les exclure.

— Je le crois , mais je voudrais
vous voir gai. Il semble que quelque
sentiment pénible vous occupe. Pour

moi , mon ami , depuis qu'un heureux
destin vous a amené chez moi ; il ne
manque plus rien à mon bonheur.
J'ai trouvé ce qui me manquait ; un
ami, avec qui je puisse penser tout
haut.

— Je vous rends bien la pareille ,
mon ami , et j'ai sur vous l'avantage
de vous devoir un sort heureux , pour
moi et ma famille , que je n'eusse jamais pu me déterminer à devoir qu'à
un ami aussi estimable que vous.

— Si vous deviez quelque chose ;
ce serait à madame de Bonneval ; mais
vous ne me devez rien , j'ai travaillé
pour moi. Nous devons seulement convenir tous deux, que toutes les tempêtes
ne sont pas destructives , et nous pouvons, je crois, chanter comme Pier-
rot :

« Mais enfin ; après l'orage ,
» On voit venir le beau temps ».

20

et ce qui ajoute à ma satisfaction,
c'est que je vois que madame Duport
chanterait d'aussi bon cœur que moi.

— Je le crois; mais je crois aussi que
l'accueil que lui a fait madame de
Bonneval et les événemens qui ont
suivi, y contribueraient pour beaucoup.

— Je trouve, excusez ma franchise,
mon ami, quelque injustice dans cette
réflexion. Pourquoi ne pas penser que
le sentiment qui nous unit et qui suffit à notre cœur, n'eût pas suffi au
sien. Je l'ai vue gaie et contente de
se voir avec ma Colette dans notre
modeste habitation, avant qu'elle put
s'attendre aux sentimens que lui a té-
moignés madame de Bonneval.

— Cette remarque de votre part,
mon ami, est trop obligeante, et je
la crois trop vraie, pour que je ne
trouve pas du plaisir à avoir tort.

— Oui, mon ami, vous avez tort,
et le tort prend sa source dans votre
extrême tendresse pour votre femme;
elle la mérité trop bien, pour qu'il soit
possible de vous en blâmer; mais il
ne faut pas que le malheur trouble
votre repos, en vous exagérant à
vous-même les torts de la fortune.
Vous vous faites; par une excessive
délicatesse, une multitude de repro-
ches que vous imaginez que votre
femme vous fait intérieurement, et
voilà ce qui, par un inutile retour sur
le passé vous empêche de jouir du
présent.

— Il y a, j'en conviens, quelque
chose de vrai dans vos observations.

— Convenez donc aussi, qu'en sup-
posant que l'accueil de madame de
Bonneval ait ajouté à la satisfaction
de madame Duport, vous auriez tort
d'en rien conclure de défavorable.

N'est-il pas vrai qu'en général les
jouissances de la vanité sont, pour les
femmes, un second moyen d'existence, qui, dans nos mœurs, leur
est devenu aussi nécessaire que le premier. Vous devriez donc, sous ce
rapport, être satisfait qu'elle l'eût
trouvé ; mais ici, ce n'est pas de quoi
il s'agit. Madame Duport, élevée à
la ville, habitué à s'y voir considérée,
a dû être sensible aux témoignages
d'estime et de bienveillance d'une
dame du mérite de madame de Bonneval ; et celle-ci se serait bornée
simplement à lui être utile, si elle
n'eût trouvé dans votre épouse une
compagne propre à charmer la solitude, à laquelle elle se trouve très-
souvent abandonnée. Ce serait donc
être lâché qu'on eut rendu justice aux
qualités qui la distinguent.

— Au contraire. J'en suis flatté ;

mais cela ne m'empêchera pas de penser que dans le cœur d'une femme, l'amant ou le mari le plus estimé, ne remplace pas ce que, comme vous, j'appelle les besoins de vanité.

— Voilà encore un sentiment exagéré, et que je suis tenté de croire personnel. N'est-il pas vrai ; que dans l'état précédent de vos affaires, madame Duport avait ces jouissances de vanité, qu'alors vous étiez bien aise qu'elle les eût, qu'il ne vous est pas venu dans l'idée de lui en demander le sacrifice, et que vous vous seriez cru injuste d'y songer ? Pourquoi donc voudriez-vous qu'elle ne les retrouvât pas avec plaisir, lorsqu'elles s'offrent avec l'expression d'une amitié qu'on ne peut croire équivoque ?

— Je n'ai jamais eu, je n'aurai jamais une prétention aussi ridicule et aussi injuste ; mais lorsque les événe-

mens m'ont enlevé ces jouissances
factices, ma femme m'a tenu lieu de
tout ; j'ai dû croire qu'aussi je serais
tout pour elle.

— Eh ! qui peut vous faire penser
autrement ? Tout, depuis que je la
connais, prouve le contraire. Tenez,
mon ami, on n'a pas tous les biens à-
la-fois ; et, pour juger de son bonheur,
il faut en juger par comparaison. Colette est belle ; à ce mérite, elle joint
une constitution forte et vigoureuse,
qu'elle doit moins à la nature qu'à la
manière dont elle a été élevée. Je n'ai
à désirer en elle aucune qualité du
cœur ; mais elle n'a pas la culture
d'esprit de madame Duport, et les
manières délicates qu'on n'acquiert
que dans le monde. Vous trouvez
réunies, dans votre épouse, les qualités du cœur et de l'esprit ; mais elle
n'a pas les forces de la mienne ; elle

a dû souffrir de se voir assujétie à des soins dont elle n'avait pas l'habitude, Voilà, j'en suis sûr, tout ce qui l'affectait, et vous auriez autant de tort de lui en vouloir de quelques momens d'humeur, que j'en aurais moi, si, demain, transporté dans le tourbillon du monde, je reprochais à ma femme de n'en avoir pas les manières.

— Vous avez, je le vois, mon ami, un grand fonds d'indulgence pour les femmes.

— Je crois que nous en devons beaucoup aux nôtres ; nous pourrions être leurs pères, et lorsque, malgré cette disproportion d'âge, on a le bonheur d'être aimé, on doit quelque reconaissance à celles qui nous adoucissent les peines de la vie.

— C'est justement cette disproportion qui m'a été sensible, lorsque je n'ai plus eu les moyens de la faire disparaître par des dissipations variées.

— Où avez-vous pris , mon ami , que les distractions qu'on procure à une femme pussent lui en imposer sur le mérite de celui qui les procure ? Il bâtirait le palais d'Armide , qu'il n'en serait pas moins désagréable s'il n'avait eu que ce talent de plaire.

— Où avez-vous pris vous-même , mon ami , une manière de voir si différente de la mienne , et que je serais tenté de croire plus juste.

— Mais , je crois , d'abord devoir l'attribuer à la vigueur de mes organes , et plus encore à la profession que j'ai suivie dans ma jeunesse , qui , en me fortifiant , ne m'a permis de me livrer ni à la molesse , ni à cette succession de plaisir , qui , dans les grandes villes , émoussent la sensibilité , nécessitent à analyser le sentiment , à préférer les idées romanesques , et à chercher au-delà du vrai et du paisible une perfectibilité que la nature ne compte pas.

— Je serais bien curieux , mon ami , de connaître votre histoire , et ce qui a pu vous amener à vous faire charron.

— Je me propose bien de vous raconter les aventures de ma vie , mais c'est à vous à commencer, et à justifier, par quelques faits , une susceptibilité qui me paraît en contradiction avec votre raison et vos lumières , sur tout autre objet que celui dont nous venons de nous entretenir.

— Je ne me ferai point prier. Cette histoire n'est pas longue ; vous en connaissez déjà les plus tristes événemens, parce que ma femme en a raconté à madame de Bonneval devant madame Michel.

Fin du premier Volume.

TABLE
DES CHAPITRES
CONTENUS DANS CE VOLUME.

(199)

Fin de la Table du premier Volume.

www.ingramcontent.com/pod-product-compliance
Lightning Source LLC
Chambersburg PA
CBHW061431030726
47503CB00005B/1368